作者肖像画

成都局集团公司关工委领导登门为孙贻荪颁发
“全国铁路关心下一代先进工作者”荣誉证书

中铁八局领导登门为孙贻荪颁发
中宣部“基层理论宣讲先进个人”荣誉证书

成都局集团公司离退部领导为孙贻荪颁发

“全路离退休干部先进个人”荣誉证书

接受中央电视台《回家的路上》主持人张国立采访——讲述成渝铁路往事

接受央视朝闻天下《共和国故事》栏目组采访后与记者合影留念

与序一作者蒋蓝

接受四川电视台国际频道主持人采访——重走成渝铁路

与序二作者曾从技采访高铁建设工地

谨以本书，献给成渝铁路的建设者

回望「第一路」

孙贻荪 著

中国铁道出版社有限公司
CHINA RAILWAY PUBLISHING HOUSE CO., LTD.

图书在版编目（CIP）数据
回望“第一路” / 孙贻荪著. -- 北京 ：中国铁道出版社有限公司， 2024. 11. -- ISBN 978-7-113-31653-2
Ⅰ. I267
中国国家版本馆 CIP 数据核字第 2024YH4005 号

书　　名：回望“第一路”
HUIWANG DI-YI LU
作　　者：孙贻荪

责任编辑：王伟彤　编辑部电话：（010）51873345　电子邮箱：455504802@qq.com
封面设计：高博越
封面题字：王德育
责任校对：刘　畅
责任印制：赵星辰

出版发行：中国铁道出版社有限公司（100054，北京市西城区右安门西街 8 号）
网　　址：https://www.tdpress.com
印　　刷：北京盛通印刷股份有限公司
版　　次：2024 年 11 月第 1 版　2024 年 11 月第 1 次印刷
开　　本：880 mm×1 230 mm 1/32　印张：8　插页：4　字数：178 千
书　　号：ISBN 978-7-113-31653-2
定　　价：58.00 元

孙贻荪的文学造像（序一）

蒋　蓝

孙贻荪是新中国成立后崛起的第一代诗人。虽然他在 1956 年出版的诗集似乎被人忘记了，但《陕西省略阳县文学艺术大事记》却清晰地记录了他在那一时期的文学贡献：“1954 年至 1956 年前后，铁路筑路人孙贻荪在略阳以亲身感受创作诗歌，歌颂修建宝成铁路出现的新人新事，有《高山哪里去了》《姑娘们的心愿》《给略阳》等篇，后收入诗集《尖兵》，由陕西人民出版社出版。”这一时期，是孙贻荪离别二野军大参与建设新中国第一条铁路——成渝铁路之后，又投身于宝成铁路的建设当中。他一鼓作气，又出版了诗集《高原战鼓》，成了当时铁路上远近闻名的诗人。

这些往事，贻荪师从不与后辈提及，被问急了，他就淡淡地说“好汉不提当年勇”，话就岔开了。那时，他在偏远的自贡工务段工作。"记得三十年前，我还是一个文青，怎知天高地厚啊？"贻荪师用他那夹杂着江苏话和四川方言的独特口音，开导并鼓励我们。然而，那时的年轻人满脑子充斥着现代派、存在主义、尼采、意象派、立体主义等思潮，哪里听得进呢？我记得当时因为编印诗报受到追查，贻荪师仗义执言，这让我心生敬意。从此，我们的交往日渐频繁，且三十多年不断，于我半生是一个奇迹。

我想，这一"忘年交"能够维系至今，恰在于二者：其一，贻荪者，贻人香草，手留芬芳——这是他的仁者情怀；其二，在于他不轻易有求于人，更凸显出他的赤子本色。我执编报纸、杂志二十几年了，当然也编发、推荐过他的一些文章，但他从未找我办过别的事。

回忆起 1996 年，我决定为残疾人赖雨出版她的第一本专著《群山之上》，需要一篇反映赖雨人生足迹的报告文学，贻荪师乐于承担这不被文坛追捧也不赚钱的事务。年逾七旬的他，奔波了几个月，终于完成了数万字稿件。二十载倏忽而过，时至今天，这同样是关于赖雨最扎实的一篇传记。

贻荪师的写作道路就像他倾情一生的铁道，一轨诗歌，一轨散文，他如同呼啸而来的一列"绿皮火车"，满载那个时代的梦想、光荣、沉重与忧伤。恍记得 1990 年前后，他赠我他的散文集《风雨人生路》，这是 1978 年十一届三中全会以后自贡市第一部个人散文集。1995年他出版了第二部散文集《回望岁月》。两书都不厚，但他那种“正写”的散文言路，我至今难以忘怀。

贻荪师买书读书不辍，但他并不守旧，也不会跟在新潮流后一味标新立异。他笔下的散文，既不是对俄罗斯白银时代作家群体忧患意识的仿袭，也不是拉美作家的函授作业，更不是跟着梅特林克一路狂奔的内陷、冥想式写作。他的散文具有康·帕乌斯托夫斯基、普利什文那种诗意加描述的典型美学特征，即在写景状物之余，渐次展开对人与事的追忆、感怀、思索。他的叙事性不是特别明显，也没有向非虚构写作竭力靠拢。我发现，是抒情性而非抒情式的写作，构成了贻荪师作品的压舱石。这来源于他的生活经历，特别是他对遍布于铁路两侧的劳作生涯以及对平凡岁月的挖掘、反刍与缅怀，这不妨看作是他对早年诗写传统的散文化继承。大地上铁路的蜿蜒纵横，就像贻荪师的掌纹，他的散文既是掌纹的拓印，也构成了他生命的“大手印”。

贻荪师这部散文体的人生回忆录，着重描写了亲历成渝铁路的修筑全过程，让我们回到了那个激动人心的火热年代，见证了新中国一路走来的峥嵘岁月。重温这一个个载入史册的重大事件与重要时刻，看到中华民族从站起来、富起来到强起来的伟大飞跃，憧憬着中华民族阔步迈向伟大复兴的光明前景。可以说，贻荪师用自己饱含深情、充满细节与浓郁生活气息的笔触，描述了一个又一个真实而鲜活的人物与事件，他们用热血与生命，构筑成了一组时代的群像。借助于此，贻荪师也完成了自我的文学造像。同时，书里也有不少“闲笔”，生动记录了那个时代大众生活的诸多片段。某种程度上说，这部回忆录也是一部具有巴蜀风物价值的生活史。

贻荪师老老实实地写，他在激情、思辨与叙事之间徜徉，他从没有刻意地“反抒情”“反叙事”，更没有标举什么“反价值”，渴望向天空突围。散文的大地气质决定了散文只能俯身大地，在消磨、委顿、机变、沉默当中，去抵达一座辉煌的、鼎沸的人居城池。他来了、他看见、他说出。这就是我心目中的“正写”。贻荪师散文彰显出的光亮、血性、通透、节制，恰是汉语散文的正脉，所谓“正写才是硬道理”，这也是汉语散文应该重视的一大向度。

记得贻荪师八十大寿时，谢绝了宴请，悄悄出版了一册《别样人生》来“自我纪念”。翻看着他浓缩在书里的人生足迹，不胜感慨。我与几位作家说过，这是一个多么快乐、多么可爱的老头儿！白云苍狗，蜀犬吠日。世间一场大梦，人生几度新凉？睨眼看淡功名，热眼专注真情，成了《别样人生》最妥帖的注脚。

2016 年初，春寒料峭时节，我在铁像寺水街的散花书屋举行《成都笔记》《蜀地笔记》的分享会。贻荪师来了，不但买了一大堆书，还向不少人推荐我的作品。作为晚辈，我只能把他的鼓励当作虽不能至心向往之的目标。临近散场举行宴会时，他却悄悄走了，我怎么也找不到他……

在贻荪师的鲐背之年，呈现在大众面前的这部沉甸甸的《回望“第一路”》，就是一部非虚构之书。与其说是他的“自寿”，不如说是他以毕生之力，献给铁路、献给时代的一件礼物。

我曾经为贻荪师八十寿辰写过一首诗《银杏花》，这其实是他留给我的一个越来越清晰的文学造像：一棵根深叶茂的大树。很多人都见过银杏，也见过它的果实白果，可却很少有人见过银杏花。银杏花与银杏，构成了诗中的种种隐喻——

这些高枝上的盐
委地而金黄
暮冬的蜀籁裹挟了江南雨烟
银杏花像卡夫卡的甲虫
在革命的中途
被一次意外掀翻
只用毛茸茸的脚凌空蹬踏
成了汉语的花

花是被杜鹃的叫声震落的
簌簌而落是金蝉自救的招式
人们面对古钟
可能想起父辈
也可能想到黄铜的安宁
花粉在钟声里飘开
高挂迎亲的灯笼
成就了成都平原最灿烂的子夜

2024年7月26日于成都

（蒋蓝，诗人、散文家。中国作家协会散文委员会委员，四川省作家协会副主席。）

为了留下那段光辉历史（序二）

曾从技

1

和许多同龄人一样，最先认识孙老是只闻其名、只读其文而未见其人。从 20 世纪 80 年代开始，就经常在报刊上见到“孙贻荪”三个字和铺展在这三个字下面的一篇篇精致美文。因为它们的精美，所以就喜欢去读，就爱不释手地去读。读完了也喜欢掩卷去想，想文章写出来的意思与味道，想写文章这位老师何许人也，为什么这么能写？

神交多年后，因了文学之缘不期而遇。那是遥远在 36 年前，遥远在风景如画的邛海之滨一间温暖的平房里。

1988 年仲秋时节，因是笨鸟且起飞滞后，过了而立之年方才有幸带着文学青年的青涩与忐忑，满手是汗攥着一篇散文习作《啊，小站人》，从贵阳乘坐普速列车辗转远赴月城西昌，第一次参加铁路局文联举办的创作笔会。当时德高望重的孙贻荪老师与《四川文学》的老师们一起担任讲师与编审。清楚记得年近花甲的孙老，没有更多参加户外的活动，而是从早到晚静静地坐在房间里的一张课桌前，一字一句批阅着一篇篇学员习作，然后逐个找我们交流创作体会并指导文稿修改。他那掺杂着四川口音的江浙话，或者说掺杂着江浙口音的四川话，富有别具风味的音乐美，至今回响在我的耳畔。孙老首先肯定了我所选题材，说写作的方向对头，写一线的职工，写熟悉的生活，语言朴实且比较干净。然后话锋一转，指着几处他用红笔勾出的字句，说文学创作应该尽可能少用概念性的语言来发表直接的议论，更多要用故事来叙述，用细节来描写……和我谈完了，他挥笔在稿件首页右上方写出硬笔行书:“中上，修改可用。”和他带有磁性的声音一样，那一行秀美的汉字至今镌刻在我的记忆中，时时激励着我不能停下手中一支秃笔。

当年的孙老供职于自贡工务段，家居著名盐都。我则蜗居在贵阳黔灵山下。在后来的十多年时间里，与孙老晤面基本都是在铁路局文联举办的文学活动中，我们以师生的关系、以朋友的感情一起愉快地交流，忘年之交与时俱进。每一次见面，孙老都嘱咐我在干好本职工作前提下，切不可放下文学的笔，妥善处理好二者关系可相互促进、相得益彰。孙老总是鼓励我写熟悉的题材——丰富多彩的铁路一线生活，文化底蕴浓厚的川南故乡。他说这是老天赐予我的两座富矿，够我一锄一锄深挖一辈子。孙老于我，就是高高飘扬在前方的旗帜，始终引领着我努力克服与生俱来的惰性，一天一天、一字一句坚持着书写下去。

2005年，年逾古稀的孙老迁居成都，居住在城东香木林路，与我仅有公交车5站的路程。空间距离的拉近，给我提供了更多接受孙老耳提面命的机会，给我们心心相印的忘年交情又增添了坚实的厚度。除去平常的电话、短信和现在的微信交流外，我们还有一个固定的小聚会。那是每年的盛夏，重庆文友陈光耀为躲避“火炉”烘烤，来到成都儿子家小住期间，孙老要召集陈光耀、刘建镍和我，在某一天的下午，小聚在一家名曰“三友茶楼”的清静处所。把着一杯清茶，心潮澎湃地清谈文学。

经过近半个世纪的持续阅读，近40年的深入交流，我对孙老的了解逐步加深，孙老走过的那条有过曲折但终归还算顺畅的文学之路，徐徐铺展在我的眼前和心中。

75年前，二野军大办墙报空出一块白板，17岁的学员孙贻荪即兴写了一首小诗《春天的歌声》填补上去。爱才的大队政委读罢点头赞许，遂派通讯员骑马将诗稿送到几十里外的新华日报社。几天后见报的诗作在校园里掀起了小小波澜。而受到莫大鼓舞的孙贻荪，自此就开始执着起来，再也没有主动停下过手中的笔。这一写就写了75个春夏秋冬。

作为战地记者，孙老在朝鲜战场上满怀深情创作出了《陪同祖国亲人》和《送给毛主席的礼物》两篇重磅通讯，分别发表在《解放军报》和《人民日报》，作者也因这两篇大稿荣立三等战功。回国以后，他没有贪图享乐留在都市，而是应诗友雁翼之邀，怀着一腔热血奔赴宝成铁路工地，一头扎到了莽莽秦岭的山林之中。从此，以铁路工人和作家的双重身份，跋涉在漫漫人生路上。

在20世纪的50年代，青年作家孙贻荪先后出版了诗集《尖兵》、纪实文学集《宝成路上》，并因创作成绩显著，获得陕西省“社会主义青年积极分子”称号。就在孙老以饱满的热情迎来创作黄金岁月之时，一场风暴吹落了他手中的笔，厄运持续了整整22年。70年代末当获得新生的孙老重新拿起笔来，创作激情犹如脱缰野马放纵奔腾。在自贡火车站旁的那间简陋的“半壁斋”里，在那盏昏黄的白炽灯下，一篇篇饱蘸着作者心血的诗文如雨后春笋勃发，他先后出版了《风雨人生路》《独坐黄昏》《回望岁月》《生命的年轮》《别样人生》系列散文集。退休后，也顾不上含饴弄孙颐养天年，而是宝刀不老笔耕不辍。耄耋高龄的孙老，坚持深入高铁工地采访，短短几年里陆续出版了《银色飞翔》《掠过天府》《郫彭有约》《摩洛哥的高铁》四部报告文学集。75年的笔耕不辍，孙老共出版文学专著12部，发表文学作品

360 万字。

由于创作量大质高，孙老在省市文学界享有盛誉。他是四川省作协最老的会员之一，他曾担任自贡市作协主席多年，多次担任中国铁路文学奖评委，为推动地方和铁路文学创作发挥了园丁般的培育作用。孙老以他优秀的文学作品始终如一传递着正能量，启迪和鼓舞着一茬又一茬铁路青工健康成长。2023 年 10 月，孙贻荪被评为全国铁路关心下一代先进工作者，受到国铁集团的隆重表彰。

75 年来，只要条件允许，孙老没有一日放弃过他视为第二生命的文学创作。孙老 90 多年的人生虽然波澜壮阔，归纳起来却可以浓缩为两句话：一句是他老人家印在名片上的“为文章而忧而喜而苦而乐”；再一句是挚友雁翼的赠语——“谈诗读诗写诗改诗骂诗笑诗哭诗，为诗而生而死！”

2

成渝铁路是新中国成立以后修建的第一条铁路，并由此掀起了大规模工业建设高潮。因此，成渝铁路的建成通车之于新中国工业大发展具有里程碑式的划时代意义。随着时间的推移，随着时代的进步，它的重要意义和史料价值越发显得宝贵和深远。

成渝铁路通车72年来，祖国大西南的交通实现了翻天覆地的变化和发展。牵引动力从蒸汽到内燃再到电力，最后跨越发展到今天的高铁。列车运行时速由40公里提高到350公里，从成都到重庆的运行时间，从13个小时压缩到1个小时。连接成渝两座大都市的铁路由1条增加到4条（包括正在修建的成渝中线）。“蜀道难于上青天”这顶破帽子，被中国人民甩进了太平洋。

不过，伴随着发展与进步，一个严峻的现实也日益凸显出来。这就是生活在今天的年轻人和中年人，甚至包括没有亲历过修建成渝铁路的老年人，对这段重要的历史真相都知之甚少。而72年前参加修建成渝铁路的13万建设者，因为不可抗拒的自然法则大部分已经故去，能够清楚回忆老成渝铁路的修建历程，能够讲好成渝铁路修建故事的亲历者和见证者越来越少。但是，新中国第一路是能够忘记的吗？修建新中国第一路所展现出来的军民携手一往无前的精神，四川人民对修建成渝铁路的百年梦想，在修建成渝铁路中所作出的无私奉献是能够忘记的吗？绝不能！这是共和国永远不能忘记的一段极为珍贵的历史。这是属于新中国，属于四川人民、属于中国人民一笔宝贵的精神财富。我们必须尽可能多渠道多角度地将它挖掘出来、整理出来、展现出来，必须尽可能完整地将它保存下来。留给我们的共和国，留给今天的当代人，留给明天的后来者。

这是一件大事，这是历史的责任，是老一辈的愿望，更是后来者的渴望。

为了展现出和保留下这段光辉历史，在纪念成渝铁路建成通车70周年之际，四川省委宣传部组织拍摄了大型电视连续剧《一路向前》。这部大剧，生动再现了70多年前修建新中国第一路的艰苦卓绝和波澜壮阔。被精彩剧情吸引的广大观众，都为当年“开路先锋”一往无前的大无畏精神所深深感动。

为了让电视剧拍出更高质量，将这段光辉的历史更真实、更生动地展现给观众，剧组盛情邀请了成渝铁路的修建者，90岁高龄的老作家孙贻荪担任顾问。鲐背之年的孙老毅然接受邀请，除了孜孜不倦地向编剧和导演讲述当年亲身经历的往事，提供鲜活的第一手素材，参与对剧本的修改。还在电视剧的最后一集以91岁的高龄亲自出镜，饰演一位参加过成渝铁路修建的老军人。老人身着军装、佩戴奖章、手捧鲜花，陪着剧中的筑路老英雄罗向前乘坐高铁抵达内江，来到“成渝铁路筑路民工纪念碑”前敬献鲜花。他和罗向前一起，庄严举起右手，向着纪念碑敬出标准军礼，把无尽的思念和崇高的敬意，献给在新中国第一路修建中牺牲的亲密战友和民工兄弟。这个催人泪下的感人场面，给观众带来了强烈的震撼，留下了深刻的记忆。

无论是编剧还是导演，无论是演员还是知情的观众，每当论及这部主旋律电视剧的成功，都会异口同声赞叹，邀请70年前的筑路者孙老担任顾问，并亲自出镜真情表达，是这部电视剧匠心独运的神来之笔。它赋予了剧情不容置疑的真实性，把作品的说服力提升到了一个新的高度，使其具有了感人肺腑的震撼力，传递出了气势磅礴的正能量。饰演罗向前的著名演员李健激动地表示，能够与当年的筑路英雄同框，是自己演艺生涯最大的荣幸。

电视剧播出后，孙老接受了从中央到地方、从纸媒到网媒各路媒体的持续采访。他激动不已告诉众位记者，告诉全国观众，拍摄这部电视剧，歌颂修建新中国第一路的辉煌业绩，具有重要的教育作用和深远的历史意义。而自己作为筑路者，能以顾问的身份为再现这段历史提供真实素材和出谋划策，并代表13万筑路军民亲自出镜走上荧屏，是自己终生的光荣。老人激动地说：“电视剧《一路向前》附着我的生命，附着我的灵魂！”

但是，从动员大会到通车典礼，700多个日日夜夜自始至终参加新中国第一路修建的孙老，只在电视剧里间接地给我们留下一段记忆，留下一个短暂的画面，还是远远不够的。因为孙老不仅是修建成渝铁路的全程参与者，更是一位作家，一位具有70多年笔耕经历的老作家，一位著述丰厚的老作家。无论如何都应该亲笔写出文字，给我们留下最真实、最生动、最珍贵的财富。

好在，我们的这个强烈愿望，让一位作协的领导委婉地表达出来。它有力地拨动了孙老的心弦，激发出了“伏枥老骥”的“千里之志”。

2023年4月，四川省作协举办“作家回家”活动。创作年龄高达74年的孙老，作为首批“回家”的老作家参加了活动。在这次活动中有一个“对话”环节，由省作协领导与“回家”的作家对话，交流人生感悟与创作心得。当天与孙老对话的蒋蓝副主席，是孙老的忘年之交，他对孙老的人生经历和创作能力都特别了解。通过这次对话，蒋蓝巧妙地把这项光荣而艰巨的任务交给了孙老——希望他能够在有生之年将修建成渝铁路的独家记忆转化为文字并结集出版，用散文的形式，从一个军人、作家和筑路者独有的三维视角，把修建成渝铁路这段光辉历史留下来，为国家、为时代、为后人留下一笔宝贵的精神财富。蒋蓝言辞恳切：“如果您老不写，等您不在了，您一肚皮的精彩故事就将随您而去。那么，在这个世界上，就再也没有人能够将这段珍贵历史写得出来，留得下来！”作协领导掷地有声的话语虽然不多，却像战场上催征的号角震响在老兵的耳畔，使得孙老坐立不安、夜不能寐。经过一段时间的反复思考，他越来越清楚地意识到了自己肩头上承担着的责任。到了这年的秋天，孙老再也坐不住了，就像当年在工地上面对严峻的筑路困难一样，庄严地举起右手接受了任务。他说：“廉颇虽老，尚能饭，尚能写。”

于是，在一个皓月当空的深夜，91岁的孙老披件夹衣走进书房，坐到电脑前，在手写板上一笔一画写下“回望‘第一路’”几个大字。接下来，孙老怀着恰如当年奔忙在筑路工地时的急切心情，投入夜以继日的艰苦劳作中。于是，发生在70年前成渝铁路建设工地上那些鲜为人知的真情故事，就浸润着孙老的心血，化作滚烫的文字，一句句、一行行默默流淌出来……

秋去冬来，春去夏来，经过将近一年的艰苦笔耕，2024年7月上旬的一个深夜，孙老为16万字的《回望“第一路”》画上最后一个句号。终于完成了一项重大的历史使命，92岁的老作家如释重负。抑制不住内心的激动，孙老想站起来，想仰天长啸一声。可是此刻，或许是由于长期紧绷的神经突然放松，他已经没有了站起来的力气。孙老仍然瘫坐在那里，深情凝望着电脑屏幕上最后的那段文字，眼圈里旋转出晶莹的老泪。他实在是太累太累，也实在是太激动太激动！

孙老撰写的《回望“第一路”》，不是长篇小说，不是大型报告文学，而是一组鲜活而灵动的系列纪实散文。文本始终保持着孙老作品一以贯之的“孙氏”风格——以小见大的故事情节，精巧美妙的细节描写，特别是诗化而幽默的语言，读起来朗朗上口，听起来抑扬顿挫。如果是孙老的忠实读者，一眼就能辨认出作品出自谁的手笔。

《回望“第一路”》不是从宏观角度，全景式展现修建成渝铁路波澜壮阔的宏大场面，而是从“不管部部长”——军工总队参谋的独特角度，讲述了自己在两年多的修建历程中，日常工作所经历的大凡小事，所结识的战友与民工，还有自己的所思所想所行。书中一个个看似孤立的小故事，就像铺设钢铁大道的一张张轨排，一旦将它们连接起来就是一条505公里的成渝铁路；就像一节节不同型号的车厢，一旦把它们组合起来就是一列完整的火车。这列火车，从重庆的浮图关开工会场出发，一路向西、一路向前，经过两个春秋的长途跋涉，最后，一声汽笛长鸣，轰轰隆隆驶进了成都车站的通车典礼。

于是，我们听到了响彻泥壁沱傍晚的激烈枪声。修建成渝铁路的战士们一手拿镐一手拿枪，阻止了敌特的破坏和土匪的骚扰。

于是，我们看到了老奶奶坐着孙子推的鸡公车来到军营，亲手将从做姑娘时就开始缝制的几十双精美鞋垫送给最可爱的筑路军人。

于是，我们看到了日冲炮眼突破70米大关的全国劳模颜绍贵，与志愿军战地记者孙贻荪在零下40度严寒的朝鲜战场坑道里热烈拥抱、喜极而泣。

于是，我们看到了年逾花甲的蓝田工程师打着绑腿，奔走在乱石滩上勘测线路。他的改道方案，既缩短了铁路里程，更为日后的运营规避了风险。

…………

这些尘封70多年的感人故事，对于孙老和他的战友、他的工友们来说，或许都是一件件见惯不惊的小事，如今写起来也可谓信手拈来。可是，它们对于同时代的局外人，对于今天的后来者，却是多么精彩的故事；对于共和国的铁路史，却是多么重要的记载。迟到70多年奉献出来，仍然是货真价实的独家新闻，仍然具有感动中国的强大力量！

当我们读到了这些文字，知晓了这些故事，我们对修建成渝铁路的了解就不会继续停留在“光荣”和“伟大”这些概念化的层面上。我们的眼前就会浮现出一幕幕生动的画面，耳畔就会响起一句句亲切的话语。于是，我们对修建成渝铁路的艰难困苦，四川人民为修建成渝铁路所付出的巨大牺牲，就了解得更加具体，更加形象；就理解得更加完整，更加深刻。我们对成渝铁路的感情又深厚了许多，成渝铁路在我们心中的分量又加重了许多。于是，我们动情地说，即使成渝之间再修100条铁路，即使火车的时速提升到1000公里，或者成都和重庆直接连成一座超级特大城市，我们也永远不会忘记那条遥远的成渝铁路，永远不会忘记新中国第一路！

3

与时俱进的孙老，写作当然使用电脑。可是，在孙老刻苦求学的年代，汉语拼音字母尚未面世……所以，孙老的电脑写作使用的是手写板录入法。再加之读私塾出身的孙老，时不时会写出一些繁体字来，再聪明的电脑辨认起来也会发生差错。所以，孙老写出的初稿，难免出现个别字句的差错。为了尽可能避免这些差错，出于对后学的信任，孙老让我帮他校对一遍初稿。他每写完一个章节就把电子版发给我。于是，我万分荣幸地成了《回望“第一路”》的第一读者。

每当从微信上看到孙老发来的文件名，我都要莫名地激动一番，赶紧在第一时间把文件下载到电脑上，首先迫不及待地通读一遍，尽情享受先睹为快的惬意，然后再抓紧时间处理那些因手写板误读造成的个别差错，接着以最快的速度返回孙老。所以，我可以特别骄傲地宣称，除了作者，我是被《回望“第一路”》感动的第一人。每每意识到这一点，我心中就会油然生出一种莫名的优越感。我觉得我比所有的读者都更加幸运，我的第一次拜读，一定比作品正式出版后读者的捧读，更具有原生态的震撼力。

作为第一读者，我的确深切地感受到了这部文集所具有的文学价值和特殊的史料价值。可是因为学识所限，我虽然有很多话想说却说不出一个所以然。所以，我只能面红耳赤、语无伦次地大吼一声:“这是一本难得的好书！”

感谢成渝铁路的修建者——为我们铸就了那段光辉的岁月!

感谢《回望“第一路”》——为我们留下了那段光辉的岁月!

感谢孙老——因为《回望“第一路”》是您写出来的，是您在91岁到92岁这段人生时光里，用手写板一个字一个字为我们，为我们的后人写出来的!

2024年7月

（曾从技，四川省作家协会、中国铁路作家协会会员，曾被原铁道部授予“火车头”职工艺术家称号。）

目录

1. 操场早点兵 … 001

2. 开工盛典 … 011

3. 奔赴工地 … 021

4. 泥壁沱的枪声 … 029

5. 中渡街纪事（上） … 040

6. 中渡街纪事（下） … 057

7. 铺轨进行曲 … 085

8. 山城吹响集结号 … 097

9. 我们不当“垮杆兵” … 107

10. 工地上过热闹年 … 117

11. “苦不苦，想想长征两万五” … 127

12. 演员之死 … 138

13. 梅家山隧道 … 148

14. 两个劳模 … 158

15. 民工轶事 … 168

16. 蓝田日暖 … 181

17. 激战驷马桥 … 191

18. 迎接通车 … 202

附录 … 213

后记 … 223

1. 操场早点兵

嘹亮的军号声如呼啸的箭，划破长空，山鸣谷应。一群生龙活虎的年轻军人，踏着军号余音，星光下奔向操场。这里，便是二野军政大学南温泉堤坎校区。

只要军人的身影在操场上出现，原本朦胧的星光顿时倦意全消，眨着眼睛笑看操场。军人们跑步、刺杀、卧倒、起立，迅速的动作令人眼花缭乱。操场上吼一声，星星眨一下眼；吼两声，眨两下眼。附近村民笑着说，这方圆十来里操场上的吼声，数堤坎最响亮。他们哪里知道，这里的人都是经过严格筛选的。

重庆刚解放不久，二野军政大学就在重庆招生。布告一出，无数青年立刻在解放碑、七星岗、小龙坎等地排起长队报名。半月之后，外地部队也纷纷打着各自的旗号来这里招生，有的以随营学校名义、有的以文工团名义。二野军大捷足先登。

校部设在南温泉，大部分学员住师范学校。其余大队则分别住小泉和堤坎。堤坎离南温泉街上最远，有好几公里路。这里空气清新，是个学习操练的好地方。堤坎是一道水坝，用来蓄水发电，附近一带居民跟着沾光。站在教室门外，听得见坝上瀑布飞流。人们给它取了个雅号叫“小小三峡”，夏季特别凉爽。

值得一提的是，刘伯承、邓小平两位老一辈革命家在百忙中，拨冗来给军大学员讲课。这不仅是一种荣誉，更体现了老一辈革命家对后生的看重。邓小平讲课川东口音很重，他讲关云长的“长”字时，字音拖得很长，像学者诵读古诗，抑扬顿挫，音韵铿锵。刘伯承讲课又是一种风格，他声调平和、语速适中，娓娓道来，如话家常。

每日清晨，我们这群刚入伍的学子，都会在操场上、星光下刻苦操练，武艺也在一天天长进。东方发白，淡淡的晨曦洒在哥萨克式军服上，显得格外精神。中国人民解放军，为何身着外国哥萨克式服装？这和当时“一切学习苏联”的口号有关。当时，我们不仅政治上“一边倒”，生活上也要以苏联为榜样。在这样的风气下，中国军人便顺理成章穿上了哥萨克式军服。它的上装领口下面有三个直排纽扣，袖口也系纽扣。穿的时候从头上笼下去，虽说挺精神，穿脱却不方便。有人说要是战场上负了伤，必须用剪刀把它剪开。因此，只在 1950 年春天穿过一季。后来只能在《夏伯阳》《静静的顿河》等电影里才能一窥当年的风采。多年后，一次放露天电影时，我指着银幕上的夏伯阳说，我穿过他的这种服装。周围人惊诧地扭头看我。

那天收操比往日略有提前，星光下早点名开始。早点名是一天中最具仪式感的一项程序。学员列队操场，聆听大队领导台上训话。训话的内容主要是总结昨天的学习情况、表扬出现的好人好事、布置当天的学习科目、传达上级指示精神。如果宣布上午去南温泉大礼堂上大课，学员们便知道是军区某位首长要亲临授课。大家忙不迭地换上干净服装，把钢笔墨水打满，带上笔记本。有人为了保险起见，便提上一瓶墨水。我有两支钢笔，其中大号的关勒铭笔墨水充沛，从不愁墨水不够。

1950 年 6 月 15 日，这一天成了我人生中重要的转折点，从此与铁路结下不解之缘。这天大队政委刘冰忱值班，他是河北保定人，读过师范，延安抗大一期毕业生，他身上有一种浓厚的延安情结。稍隆重点的场合，他总要穿上延安时那身家机布军服。他最自豪的经历，便是在延安文艺座谈会期间，担任了大会保卫工作。那时，他有幸见到大作家丁玲，丁玲在他小本上留下一行字，并签了名，他保存至今，不时拿出来炫耀。下午课外活动，他领着那些不会打球的扭秧歌。秧歌分好几种，他扭的是陕北秧歌。他说话声音洪亮，我们听来便是京腔。此刻他拾级而上，走上了石头垒砌起来的讲台。

看到政委又穿上了那身家机布军服，大家便猜测又逢什么节日了。他站在讲台前沿，向台下学员行举手礼，说今天在大队各教室分别上专业课，其余科目不变。接着便神情专注地扫视台下，似乎在寻找谁。寻找谁呢？我心想不会是找我吧。

刘政委的目光缓缓移动，最后果然停留在我的身上。我心里不免有些吃惊，试着抬起头，不期与他炯炯眼神对撞。他朝我淡淡一笑，虽仅有短暂的几秒，可我能觉察到。他发布口头命令：“孙贻荪，出列！”我立正回答：“是！”向前一步走。接着他大声宣布：“命令你回营房打背包，立刻赶赴市中区西南军区大操场，接受紧急任务！”我回答：“是！”随即他降低了声调，语气温和地说：“到了军区大操场入口处，报明身份，说你是从南温泉二野军大来，有人会带你进入会场。限下午两点前赶到，不得有误啊！”

这一刻，操场上无数温暖的目光齐聚我身上，我久久凝望着同学们一双双朝夕相处的眼睛，不忍离去，一步步退着走。最后我向大家敬了一个军礼，迅速转身离开。刘政委的目光一直送我远去。

待我打好背包收拾完东西，班上同学正好收操回来。他们说我回营房之后，刘政委又讲了一席话，讲沿海城市遭受空袭，要大家注意节约粮食。

我提着盏马灯交给班长老鄢，说：“这是我们大队几名同学在堤坎河那边办夜校用的，今晚该我上课。现在麻烦你帮我往下交，交给二中队一班。”老鄢其实不老，才20岁出头，考入军大前是重大机械系学生，差一学期大学毕业。他为人老成，事事当先，特别关心爱护大家。老鄢，是班里人对他的爱称。

我的突然离校，班上同学怅然若失。倒是小石有主见，他说：“厨房马上开早饭，我去拿个馒头，边跑边吃，上南温泉街上照相馆请师傅来这里给全班照个合影。或许这次分别，今生再难相逢。”大家齐声说好主意。小石考入军大前，是重庆大学物理系大二学生，篮球运动员。重庆人与生俱来的热情豪爽，在他身上得到了充分体现。

在小石请照相师的这段空当里，班长老鄢和大家商量，在哪里照才最有纪念意义？大家几乎异口同声地说要在营房宿舍坎底下，把宿舍作为背景。日后看见照片便看见军营，便会想起我们的青春岁月。

小石背着笨重的照相机箱子，气喘吁吁地回来。照相师傅约莫五十开外，紧跟其后，累得上气不接下气，年轻的小徒弟扛着相架左顾右盼看稀奇。照相师傅来回瞅了几眼，对我们选的照相地点很满意。说人坐在柳荫底下，阳光从侧面投射过来，会照得个个面孔清晰。他自言自语，说这张照片意义非凡，要拿出自己的看家本领。

照完相，师傅把我喊到一边说：“今天照相是为你送行，你没拿上照片还不等于白照？不如这样，我们马上跑回去，给你先洗一张。麻烦小石同志再跑一趟，把照片给你带回来。”小石觉得是个好主意，他连忙回过头对我说：“虽说时间有点紧，但还来得及。学校离军区 18 公里，步行三个半小时，过长江轮渡一个小时，你等等我，我抓紧时间跑回来。”

上课号响了。班上同学在营房外与我告别，转身回教室去上课。小石则拉着照相师傅往南泉街上奔去。

离别二野军大合影（后排左三是作者）

炊事班长听说我要走了，连忙跑出来四下寻找。他扯了块蒸笼帕给我包了两个大馒头，怕馒头冷了不好吃，又把我的军用水壶拿去灌上开水，嘱咐我说馒头和水壶挨着就不会冷。班长是河南人，也是挺进大别山的老兵。轻装穿越黄泛区那阵，战士把重武器沉入水里，他硬是背着大锣锅、米袋行军千里，获得了“铁脚板”的光荣称号。我们这里的伙食好，多亏他星期天带我们乘木船去渔洞溪乡场上买菜，乡场上的菜蔬都新鲜。

告别炊事班长，我便到校大门外三岔路口，坐在路边石头上等小石，这样节省时间。坐下来后心里不禁发问，今天刘政委为何在操场上点我的名？思前想后，可能和两个月前那次虎口夺粮有关。

4 月底正是青黄不接之际。一天早点名时，刘政委宣布：

"大队停课一天。据可靠情报，一群土匪要去南温泉20公里外的粮库抢谷子。我们必须抢在土匪前头，把谷子背出来。我向校部领导请求，这次背粮任务由我们堤坎大队担任。下面是行动的注意事项，每人拿出一条裤子，用鞋带把裤脚一头扎紧，装好粮食再扎上面一头。男生背30斤，女生背20斤。机器自动过磅。3万多斤谷子一趟全部背回，背回来的粮食投放南温泉粮库。"

那天，政委也点了我的名，说交给我一个特殊任务，负责回来路上的"收容"任务。"收容"是部队行军中的专用术语，途中若有人掉队，要把他们组织在一起安全带回。政委交给我一支德国造小马枪和20发子弹，说我背了枪可以只背20斤粮食，最重要的任务是，一定要把同学们一个不少带回学校，尤其是女生。

谁知女生们非常争气，回来途中只有8个人掉队，而且都掉得不太远。她们连同她们背的粮食都毫发无损。第二天大队早点名时领导对我提出表扬。这次点名让我去军区大操场接受紧急任务，或许与那次任务完成得好有关。

日上三竿，还不见小石的人影，我心中不免焦急起来，踮起脚往南温泉方向眺望。终于看见一个熟悉的人影奔来，是小石！他把照片举在手上一路小跑。当把照片递给我时，喘了几口气才说话："照片来了，拿上。刚才我把它举在手上跑，是让风吹，好干得快点。出去时在街口上碰见刘政委，他去校部开会。说照片他要，我就多加洗了一张。"他紧紧握住我的手说，"此生或许再难相见了，想我们时就看照片吧。"

说罢，便转身回教室上课，路上又回过头看我。

揣上照片，顶着火辣辣的太阳上路，不一会儿就汗湿军装。我不时摸摸上衣口袋，生怕汗水浸湿了照片。真要感谢小石，没有他的慷慨，就没有这张照片。而这张照片，在70年后竟派上了大用场。中央电视台的《国家记忆》《新中国第一》等栏目都采用了。它，是一个时代的记忆。

军用水壶里的水喝得所剩不多，得省着点，不敢一口喝光。本来公路坎下黄桷树旁边有卖老荫茶的，一分钱一杯。可我不敢去，喝杯茶来回至少耽搁3分钟，耽搁不起啊。此时对我来说，分分秒秒都极为珍贵。作为军人，我必须准时赶到军区大操场！

终于远远看见了海棠溪轮渡码头。当时长江上没有桥，必须坐轮渡过江。过了江，就望得见浮图关了。军区大操场就在浮图关下。来到码头，轮船却刚刚开走，真是太遗憾。着急也无济于事，渡口旁边坳口有卖老荫茶的，我一口气连喝了3杯。卖茶的是位上了年纪的婆婆，见我头上直冒汗，便把手上的蒲扇递给我。严格讲，身着制服的军人，不允许在大庭广众之下摇扇子，尤其是大蒲扇。此刻实在是酷热难当，每个毛孔都在冒火，只好借光蒲扇了。卖茶的婆婆见我着急赶路，安慰我说：“轮船在对面停靠20分钟，上满了客就开过来。这班轮船十二点半靠岸，不等客人马上走。”这下放心了，登岸之后可以不走大路抄小路，直奔浮图关，或许还能提前赶到。

太阳太毒，中午没人进城，只有我一个乘客，跳上甲板后船就开了。

甲板上江风四面吹来，通身凉爽，好不惬意。轮船的声声汽笛听来有几分熟悉。去年 12 月初，我们从城里去南温泉军大报到，在这里坐轮渡，只是方向不同而已。那天轮船的汽笛声和今天的同样亲切，它唤醒我心中的记忆，出人意料的一幕浮现在眼前。

那是去年 12 月初，被军大录取的考生身穿新军服、背上背包，一批又一批地从码头上坐轮渡去南温泉。那天轮船上几乎没有老百姓，清一色的全是学生兵。甲板上风大，人往舱里挤，舱里人挨人。突然，我看见惊人的一幕——两个中年妇女，一个拉住一名军大女生的手，一个抱住她的肩膀。在耳边低声却严厉地说："脱下军服，换上貂皮大衣"。女生死死捂住军服纽扣，不准她们解开。她们又要出新花招，从皮包里拿出珍珠项链和钻石戒指，不停摇动她的身子，"戴上，快戴上！"

从身边同学的口中得知，女学生名叫蓝羽，是解放碑某家大商场老板的独女，就读于渝州女子师范专科学校，瞒着家人考上了二野军大。家人得知她今天入校，坐黄包车从城里急匆匆赶来，要拉她回去。两名妇女中，年龄稍长的是姨妈，年轻一点的是母亲。姨妈为人老辣，认为世上没有人不贪财，把这些值钱的东西放在她眼前，她能不动心？谁肯信她把它往江里扔？世上没有这样的傻人。

女学生摆动身子极力挣扎。姨妈想先把生米煮成熟饭再说。她们轻手轻脚把项链从身后挂在她胸前，这一下真把她激怒了，她扯下项链，抢过姨妈手上的钻石戒指，用力一甩扔进江里。貂皮大衣也被她夺过去，丢进江里。

顿时，船舱里掌声雷动，经久不息。许多人轻轻向她招手表达敬意。

这一切发生得太突然，老姐妹恐怕做梦也没有想到，蜷在船舱一隅抽泣。蓝羽离船之前，走到姨妈和母亲面前说：“这条道路是我自己选的，决不回头！你们多保重。”上岸后，她头也不回，向着南温泉校区坚定走去。

蓝羽分在南温泉校区，晚会上见过一面。她朗诵过普希金的《假如生活欺骗了你》，都说她朗诵有天赋。可惜的是不久后她去下川东云阳剿匪，牺牲了。

汽笛连响两声，哐当一声轮船靠岸。我从回忆中惊醒，兴冲冲舍舟登岸，朝着军区大操场快步奔去。

2. 开工盛典

下了船，顶着烈日的炙烤，我一路爬坡上坎，载欣载奔。终于，西南军区大操场入口大门出现了。突然，一缕凉风从浮图关隘口吹拂下来，我不由得收住脚步仰起脖子享受凉意。凉风为我吹去浑身的热汗，原本湿漉漉、皱巴巴的军服，很快恢复得干爽平整，不免心中大快。一个军人的衣着是否整齐，不仅关乎本人的素养，还关乎解放军的形象，马虎不得。何况我是军大出来的，更不能让人耻笑。我整理好衣冠后，昂首挺胸向大门口走去。

门口戒备森严，荷枪实弹的岗哨肃立两侧，我的心忐忑不安。心中焦虑自己是否迟到，只能找戴手表的人问问。门口军人三五成群，或来回走动，或悄声交谈，或翘首观望。他们当中哪位有手表呢？这有点考我的眼力。倘若随便问个人现在几点了，人家摇头说没有戴表，未免自讨没趣。于是我重点盯着几位干部模样的人，用心打量起来。只见一位年龄稍长、衣着整洁的人经过，他脸上隐约有战场上留下的疤痕，腰间别着裹红绸的小手枪，像个戴手表的干部。对，就找他。

问个时间为何如此之难？只因当时手表稀缺，一般军人买不起也买不到。部队实行供给制，正团级以上的干部配有手表。此表苏联造，大块头，有点像俄罗斯壮汉。据说有的表上刻的不是阿拉伯或罗马数字，而是汉字的一二三，专门为中国定制。“老大哥”真是用心良苦。

主意已定就走了过去，向他端端正正敬个军礼：“请问现在几点？”我正要从口袋里摸出军大校徽表明身份，对方倒先开了口：“是从南温泉来的吧？”低头捋袖后点头一笑：“你提前 20 分钟到达。”我悬着的心怦然落地，总算没有给刘政委丢脸。

为自己刚才准确的判断沾沾自喜，那位“手表干部”果然就是大门口保卫工作的总指挥。他告诉我成渝铁路开工典礼就在这里，然后吩咐一位年轻军人领我进入了会场。抬头一看，整齐的队列一眼望不到边。这阵仗，莫非是检阅部队？再一看，又不像。部队两侧还有穿蓝色服装的人群。猜不透就不去猜，聚精会神地跟着年轻战友走。他领我在方阵中间穿梭迂回如走迷宫，好不容易终于绕到主席台下。他手一指：这里是你的部队。周围战友见我如楔子样楔了进来，也不惊诧。有的还友好地挪动身子，让出点空间给我安身站立。这时才发现，我背上的背包与眼前的场面有些格格不入，连忙解下来藏在脚下，和几个同样年轻的战友并肩站立台下。再抬头一看，主席台上方的横幅上，一排大字格外醒目：西南军区部队修筑成渝铁路动员大会。到这时我这才如梦初醒，自己竟然是来参加如此隆重的盛会，本就激动的心情又掀起了一阵波浪！

定神一想，心中又不免有些疑惑。大门口戴手表的总指挥明明告诉我是来这里参加成渝铁路开工典礼的。怎么横幅上写的是动员大会呢？那位总指挥对我说的话，和眼前横幅上的表述一定都有根据。为何一个大会出现两个名称呢？

忽然想起军大课堂上，刘伯承校长给我们讲军事课程时曾说过“月晕而风，础润而雨”的古训，军事人员必须有见微而知著的预见。想到这里，心中豁然开朗。哦，操场门口戒备森严，都和当时的形势有关。四川刚解放半年，治安状况尚不稳定。边远山区土匪流窜骚扰乡民，城里暗藏的敌人尚待肃清。办一切事情，首先必须完善保密措施，保密是安全的屏障。刘政委队列前不宣布我去执行什么任务，也正是出于这个重要原因。

站立在主席台下，一种荣誉感油然而生。现在在成渝铁路展览馆里，有张照片能清晰地看见，我和几名同龄军人并肩站在主席台下的背影。虽说只是个背影，却弥足珍贵。

举目仰望主席台上，前排正中坐着邓小平、刘伯承、贺龙等首长，后排坐着其他军区首长。因他们几乎都来南温泉军大课堂讲过课，面容显得特别亲切。看着看着，我还有了新的发现，今天的首长们都穿上新军服，小平政委也一样。

修筑成渝铁路动员大会会场

前两次他来我们学校授课，穿的是旧军装，颜色洗得褪色泛白，今天却连帽子都是新的。贺龙司令员还戴上了大檐军帽。

下午两点半，大会正式开始。

没有器乐高奏，没有鞭炮齐鸣。一切都在庄严而宁静的气氛中进行。

大会主持人、军区参谋长李达阔步走到麦克风前庄严宣布：“四川人民盼望已久的成渝铁路，今天在这里隆重举行开工典礼。这是四川人民生活中的一件大喜事。出席今天开工典礼的有西南军政委员会主席、第二野战军司令员刘伯承，西南军政委员会副主席、第二野战军和西南军区政委邓小平，西南军区司令员贺龙等领导同志以及军区其他首长。”

大会第一项议程：刘伯承主席致开幕词。

刘伯承儒将之风，自幼饱读诗书，带兵打仗已经历了几个不同的时期。他微笑着开口讲话，便如打开了一部厚重的历史线装书。台下万众引颈而望，倾耳聆听，向这位深受爱戴的首长致以发自内心的敬意。他的讲话从“蜀道之难难于上青天”破题，讲到辛亥保路运动，再讲到今天的成渝铁路开工。作为第二野战军司令员，刘伯承发布命令：组建西南军区军工筑路第一总队，任命李静宜同志任司令员，即日奔赴新的战场——铁路工地。作为西南军政委员会主席，刘伯承宣布：成渝铁路开工！

接下来邓小平政委作了长达40分钟的长篇讲话。他像一位慈祥的父亲循循善诱，对即将远行的儿女叮咛嘱咐。他要我们一手拿镐，开山劈岭修铁路；一手拿枪，打击破坏修铁路的土匪。当时没有任何录音设备，但“速记”却很流行，它是用一种专门符号做文字记录。我刚学了不久，还没有实践过，今天派上了大用场，将刘司令员、邓政委的讲话用“速记”记在了本子上，更记在了心里头。

邓小平讲话之后，军区其他首长——副政委张际春、副司令员周士第也相继发言。今天的大会，军区领导全到齐了，这是一次盛况空前的大会。

大会最后一项议程是授旗仪式。贺龙司令员举着“开路先锋”大旗，从后台昂首阔步走到主席台右角。军工第一总队司令员李静宜上台接过旗帜。贺龙授予的这面锦旗，是当时流行的款式：紫红色平绒面料，中间“开路先锋”四个大字，用黄布精工剪成。上款——赠给中国人民解放军军工筑路第一总队，下款——西南军区司令部政治部。这面旗帜后来挂在江津德感坝军工一总部司令部墙上，与大家朝夕相处。

曾有不少人发问：在电影、电视里看见的“开路先锋”旗帜，由解放军扛着在晨曦中猎猎生风。这与贺龙司令员所授的不是同一面旗帜吧？问得好！的确不是同一面旗帜。军区首长大会上授旗，旗帜必须端庄大气，显示部队的庄严。于是有人建议，总队另做一面面料轻薄的浅色旗帜，便于扛着它走向工地。沿途老百姓一看，开路先锋旗帜迎风招展，便知道筑路大军来了。所以，大家看到的“开路先锋”旗帜，是用上等白府绸面料做的，由一总队警卫团一连王连长扛着，他是淮海战场上的战斗英雄。此刻他被任命为“开路先锋连”连长。战士们扛着武器、挑着篼篼奔赴工地的画面，已经成为历史的经典。我当时就行进在队伍中后段。只不过那时摄影器材不多，相机没有拍到我，没能留下我的影像，有些遗憾。其实遗憾的还不止这些，开工典礼那么隆重的场面，也没有留下多少影像资料。

大会结束后，我随部队回到营地，正式向白生元团长报到。

白团长是陕北老红军，刘志丹的老部下，放羊娃出身，说话开门见山：“你是我找你们刘政委要来的。延安时，我和他同在一口锅里舀稀粥。我对他说我马上要带部队去修路，身边缺个有文化的参谋，让他在军大学员中物色一个。他开始答应得挺爽快，说孙贻荪就很合适，可说着说着好像有些犹豫了起来，说他年轻不够老练，不如换一个吧。我说不换了，就孙贻荪。这是昨晚上的事。你的名字不好认，我一笔一画写在纸上，还去请教了文化教员。”他念我名字中“荪”字的时候，声音拖得长有点像唱歌。“你的见习期两个月，这是部队条例的规定。但如果你有特殊表现，可以提前取消见习。我这个团长有这个权力。”

他说话鼻音重，“我”字从他口中说出便成了“呕”。于是我想，作为团长身边的参谋，我得尽快学会听懂陕北话。如果听错了，岂不贻误军机。

白团长说：“晚上军区后勤杀肥猪会餐，为部队壮行。会餐席上把你介绍给团部机关的同事，相互认识一下好开展工作。”我提醒自己沉住气，餐桌上相见，或许气氛会轻松些。

会餐在一个腾空了的仓库里进行，虽然宽敞却没有桌子。大家蹲在地上围成一圈就是一“桌”。团部机关 10 人一“桌”。连队以班为单位，一桌两大盆肉一盆汤。团长进来宣布开席，共同举杯。然后团长喊大家安静，把站在身后的我往前一推说：“他叫孙贻荪，团里新来的参谋，是军大学军事的。”我像新媳妇被揭开了盖头，忙向大家立正敬礼。仓库里顿时掌声四起，有人还用筷子敲击大瓷盆，用叮当叮当之声表示对我的欢迎。随即团长把手上红绸裹着的公章条戳交给我：“这个归你保管。”我接过来高高举过头顶，身子转了个 360 度向大家展示。人们常说军令如山，军令盖上鲜红大印，方显出庄严的军威。我当用生命守护好它。

当时支援前线的粮食有些紧张，一些烤酒的小作坊已经歇业。桌上每人发二两白酒，算得上特殊待遇。有的战士舍不得喝，用鼻子闻了闻，闭上眼睛做深呼吸，直呼好酒，好酒啊！夸张地咂咂嘴，把酒倒进军用水壶，拧上盖子再嗅嗅，点点头说，嗯，没有走气。等火车通到工地，再拿出来喝庆功酒。许多战友纷纷响应，把酒倒进军用水壶保存下来。

会餐之后宣布在礼堂举行联欢晚会。那时的晚会很随意也很即兴，不拘形式甚至不化妆，把红纸打湿匀称地抹在脸上和嘴唇上权当胭脂、口红。可以自告奋勇上台表演节目，也可由旁人邀请和推荐，邀请到谁，谁就登台表演自己的拿手好戏。

不知道是谁点了我的名，让我担任报幕。这对我来说，是大姑娘坐花轿头一回。我高兴地领了这份情，初来乍到就在战友们面前亮个相。

有人把写好的节目单交我。我一看心里就乐了，第一个登台表演的竟是白团长。他唱陕北信天游：

一道道的那个山来哟

一道道水

咱们中央红军到陕北

一杆杆的那个红旗哟

一杆杆枪

咱们的队伍势力壮……

团长唱得字正腔圆，余音绕梁。这是放羊娃从小对着大山吼叫练出来的童子功。

接下来由文化科女干事王凤阁演唱歌剧《白毛女》选段

《北风吹》。她身穿布拉吉军服戴船形帽，这也是学习苏联。这种布拉吉女军装和哥萨克男军装一样，只流行了1950年一个夏季。

大家都说王凤阁身材好歌声美，是个出色的好演员，热烈鼓掌欢迎她再来一段。这回她边唱边跳，一曲《太阳出来了》声情并茂。能歌善舞的王凤阁，后来果然被军区战旗文工团要走了。

王凤阁走下舞台，我正打算报下一个节目，忽然有位战友抱着几片厚薄不一、长短不齐的锯片和绷着黑色马尾的弓子上来，站到了舞台中间。他举着闪闪发亮的锯片说："我表演的是'锯琴独奏'，这是我自己捣鼓的。就像拉提琴那样，弓子在锯片上摩擦出美妙的声音。请听第一首曲子——《康定情歌》。"这种谁都没有见识过的乐器演奏，让大家笑逐颜开。第二首曲子《高高山上一树槐》是经典的川南民歌，会唱的战友们就跟着唱了起来。最后在大家的掌声鼓励下，他奏出了自己最得意的《川江号子》。厚重的锯片发出江水咆哮的涛声，细薄的锯片飞出两岸尖锐的猿啸。精彩的演奏博得长时间的喝彩。演奏者是位负过伤的老兵，后来在进军西藏途中不幸牺牲。战友们把他的锯片，还有那把特制的弓子，与他一同埋葬。

晚会的高潮忽然到来。台下的战友指着前排的一个人，齐声吼着："总队长，来一个！来一个，李司令！"接着就是经久不息的掌声。这种"拉歌"，是部队上活跃气氛的传统方式。今天是个好日子，战士们推出李静宜司令上台表演。从这一点我感觉到，部队里上下级关系真是亲如兄弟。

李司令从容上台，从衣袋摸出一把口琴，笑着说：“今天第一总队成立，我献丑了，来个老掉牙的节目《歌唱大别山》。”说着就吹了起来。李司令吹的是复音，大家跟着唱起来：

大呀大别山，

一杆红旗飘。

人民军队坚如钢，

打得敌人无处逃……

大礼堂里歌声嘹亮，余音绕梁。晚会在李司令那句“祝同志们晚安，明天一早出发！”的祝愿声中圆满落幕。

回到宿营地时，月色朦胧，四周一片寂静，和白天的热闹形成鲜明对比。天空有一群群飞物，分不清是燕子归巢还是蝙蝠回窝，或许两者都有。躺在新的宿舍里我久久不能入睡，心想南温泉校区该吹熄灯号了吧？军大的校园生活让我有些不舍。

我在心里默默向校园告别。从今天起，我将成为“开路先锋”旗帜下的一名修路战士。此去须时刻牢记校训，行为举止当不辱校风。

·3.奔赴工地·

为了不扰民，队伍开拔时不吹军号。我肃立在浮图关隘口的羊肠小道上，向惺忪的星辰挥手，向梦中的山城挥手，向军大熟睡的战友挥手。心中默默地向他们说声再见。今天奔赴工地，归来之日，当是火车汽笛鸣响山城之时。

转身向着前方的工地出发。

此刻是成渝铁路开工典礼的第二天，即 1950 年 6 月 16 日黎明前。如果说 505 公里的铁路犹如一轴长长的画布，我们将用青春和热血画出最新最美的图画。不管横在前面的是山重水复，还是柳暗花明，我们都当以战斗的姿态应对。

今晚宿营地在 60 公里之外的江边小镇。途中要翻山越岭，穿越一段荒无人烟的地段，因此得起早挑灯开饭。这是在军区大院吃的最后一餐，心中有些不舍。中午没有地方做饭，每人发两个大馒头。白馒头拿什么菜来下呢？后勤人员眉头紧锁。

天上还真有忽然掉馅儿饼的好事。若非亲眼所见，或许不敢相信。百里之外的涪陵人敲锣打鼓送来榨菜。为何有此出奇的行动？他们的父辈当年听说修筑川汉铁路后欣喜若狂。因为如果有了出川铁路，榨菜外销就不必再经过长江三峡险滩，不用再忍受沉船之痛。于是倾其所有，纷纷认购铁路股票。谁知后来股票成了骗人的废纸，老人们气得一病不起。现在后人听说成渝铁路开工建设，睡着都笑醒了。他们含泪跪在祖坟前烧钱化纸，告慰泉下老人：如今解放军来修路，不取老百姓一分一文。我们拿什么表达心意？唯有榨菜。他们披星戴月拉着板车送来上等榨菜。他们的举动道出了老百姓的心声——盼望铁路若“大旱之望云霓”。

涪陵榨菜是用原生态青菜头，以独特的工艺腌制而成。送榨菜的人千叮咛万嘱咐，千万洗不得，一洗就败味儿。炊事员连连答应，晓得了，晓得了。有了鲜嫩香脆的涪陵榨菜，既乐坏了炊事员，也忙坏了炊事员。他们连夜把它切片改丝。案板上一夜疾风骤雨，榨菜丝堆积如山。西安籍炊事员自告奋勇要把榨菜丝夹进馒头里。原来他家卖过肉夹馍，轻车熟路就把榨菜丝塞进了一个个馒头中间。每个馒头两边厚薄均匀，所夹榨菜丝像用戥子称过一样平均。

出发前，军区发给每人一条雪白的毛巾，毛巾上印着“将革命进行到底”几个鲜红大字。留到工地上去揩汗，大多数人都舍不得用，现在用它来包裹美食倒是再好不过。毛巾包着的馒头紧挨着热水壶，一时半会儿还冷不了。

队伍在向前推进，山城的廓影渐渐远去，身后的灯光越来越淡，行军的脚步却渐渐加快。

星光下绰绰人影，穿越如削的峭壁。足音的清脆被晨风放大，惊醒了夜宿林间的雀鸟。此情此景不由让人想起了曹孟德“月明星稀，乌鹊南飞”的诗句，心中一声感叹。

“开路先锋连”王连长扛着“开路先锋”大旗，踏着晨曦一路向前。旗帜被斑斓的朝霞染成暖色，格外妖娆。太阳慢慢升起来，沿途乡亲看见飘扬的旗帜，知道修路的解放军来了，欢天喜地从家里奔出来夹道欢迎。有的提一壶凉爽的老荫茶，有的提一罐温热的嫩苞谷稀饭，还有的捧着煮好的鸡蛋和盐蛋。见此情景，不由得想起两千年前孟子“箪食壶浆以迎王师”的美好愿望，今日终于梦想成真。

开路先锋大旗

竹筒削成的水瓢，散发出一股新竹的清香，在战友中间深情传递。嫩苞谷稀饭，我们不敢叨扰。部队的“三大纪律八项注意”中规定：不拿群众一针一线。苞谷稀饭岂是一针一线可比。指导员出面给老乡们做好说服工作后原物奉回，后勤人员费尽口舌说服老乡，篮子里的鸡蛋和盐蛋，按市价收买分发给战士们。起初老乡们不肯收钱，指导员耐心劝说：“这些东西你们拿回去也不好处理，不如各让半步，你们收下钱我们收下蛋。来一个皆大欢喜。”好说歹说一番，这件事总算搁平了。

后来得知，凡是遇上这类事情，须向军区民运部作专题报告。民运部专门负责督察、调查军民关系的有关事宜。“秋毫无犯”是每支部队、每个军人必须严格遵守的纪律，绝不可触犯。

中午时分，行程已经过半。此时烈日当空，阳光麦芒似的刺痛着脸庞。身上的军衣湿了又干，干了又湿。好不容易走到一片林荫下，赶紧抓住机会开饭，享受馒头夹榨菜。大家都说没吃过，嚼得津津有味。王连长把旗帜插在柳荫下，从前面走到后头来找到我，递给我几瓣生大蒜：“再往前走没有烧开水的地方，只能喝山沟的流水。水不很干净，弄不好要闹肚子。”我接过大蒜说声谢谢！他憨厚一笑：“你放心，这个不犯群众纪律，是昨晚上我上伙房找炊事班要的。你在城市里长大，肠胃小气，不像我们打得粗。”

这件事和他说这几句话，令我非常感动。

再往前走，天上无一片云彩，地上无一片树叶。口干舌燥，水壶早就空空如也。只好用水壶接山崖上流下的生水喝，凉水味甘而清冽。我边喝边嚼大蒜，肠胃果然没有嘀咕。于是我记住一个生活常识，夏日行军赶路必备几瓣大蒜。这是军大课堂上学不到的知识。

继续前行，太阳西斜。树荫下，一位上了年纪的婆婆端坐在鸡公车上，向着我们招手："解放军同志，到这荫凉坝来歇下吧。村里农会干部说修路的解放军今天路过这里，我特地让孙儿用鸡公车推我过来看看你们。"我和王连长急忙跑上前去搀住老人。老人身穿浅蓝色偏襟上衣，没有一丝皱褶，头上裹着洁白如雪的帕子，一双半大的脚似乎曾经缠过又放开。她笑眯眯说她这辈子坐过滑竿，坐过花轿，出远门坐过鸡公车，还坐过一次汽车，就是还没有坐过火车。听说铁路就要修到家门口，高兴得几个晚上睡不着觉。她慈祥地看着我们说："等火车通了就让孙儿推鸡公车送我去车站，坐着火车上重庆府耍一趟，我老婆子这辈子就圆满喽。"

我和王连长向老人承诺，如果到那时部队还在铁路上，我们负责护送你老人家上重庆。她双手拍着膝盖大笑说就等着这一天。

老人接下来的举动，让我们没有想到，也让我们永远难以忘怀。她利索地解开身旁的红布包袱，几十双工艺品样的绣花鞋垫突然呈现在我们眼前。她双手捧起它们说："这些鞋垫是我当姑娘学做针线时就开始做起的，一年做一双，现在究竟有多少双没数过。应该有好几十双，本想把它传给后人，现在把它送给修路的解放军，表达老太婆的一点心意。”我们一下都愣住了。如果不收下，岂不辜负了老人的一片深情。

我忙向连长指导员使个眼色，拉他们到一旁商量。我说：“鞋垫是老人几十年的心血，不能不收也不能用钱来解决。我有个不成熟的方案供你们参考：以西南军区军工筑路第一总队直属二团的名义，给老人出具一张收据，收到某乡某村某人赠送鞋垫多少双，盖上鲜红大印，末尾再由你们两个签上名。印有部队番号的红头信笺、公章、条戳都在我挎包里，我来写字你们签名。老人接过收据一定会笑得合不拢嘴。类似的事情在红军时期、解放战争时都曾有过。”

指导员听后思忖了一会儿连说好主意。

老人见我们递她收据，居然扶着鸡公车站了起来。用手掸了掸身上灰尘（其实她身上很干净），双手接过收据贴在胸口：“我要把它传给子孙后人！”四周响起一片掌声。

司务长跑来向我和连长指导员附耳低语：“还剩半口袋榨菜丝夹馒头，不如送给这里的娃娃，他们在这里跳上跳下高兴了好半天了。”我插了一句，馒头请老人家来分发，因为这些孩子都是她的孙子、重孙。老人喊一个娃娃的小名发一个馒头。娃娃们拿到馒头就啃。司务长喊回家蒸热了再吃。老人说没事，娃娃夏天喜欢吃冷食。太阳偏西，我们告别老人、告别乡亲，孩子们嘴里嚼着馒头，说话吐字不清，用含糊的话语高喊着：“解放军叔叔再见。”那情那景，特别有趣。

眼看天快黑了，队伍加速前行，终于来到宿营地。昏暗的夜色中，看到街上旅社门前，挂着一盏盏长方形纸糊的灯箱。窄窄的灯箱两边，写着同样的诗句：未晚先投宿，鸡鸣早看天。颇有宾至如归的人情味。抗战时期四川公路边的店，都是用这种方式招揽客人。日行60公里，虽说是走走停停，还是觉得有点累。

我们住在一所小学里，把几张课桌一拼就是床铺。本想打开背包躺一会儿，团长说了每到一地要多和群众接触，多了解些情况，于是打起精神出去看看。路过炊事班时，本该锅上热气腾腾、灶下火苗熊熊的景象没有出现，却见炊事员们一个个蔫不拉唧地围坐灶边唉声叹气。一问才知道从江里挑上来的水浑浊不清，司务长正在划动一块明矾来净水。这样等下去恐怕半夜都不能开饭。遇见这种为难的事，为什么不去求教当地老乡呢？司务长说："人家说咱说话声气怪，听不懂。"这也难怪，司务长和炊事员大多是雁门关人，说话像扯风箱似的瓮声瓮气。加上小镇上的人没出过远门，听不懂川语之外的腔调。

我喊上司务长一同出去，敲开一家大门："请问院子里有水井吗？""有！"司务长拍拍脑袋，晓得怎么办了。眨眼工夫，凡是有井的人家都敞开大门大声喊："欢迎解放军来挑井水。"有的年轻人还主动把水挑到伙房灶前。不一会儿，猪肉炖粉条就在街边巷口飘香。

夜渐深，一天的行军经历还在胸中翻腾，睡意全无。我推开窗户，只见昏暗的油灯下，班长或是老兵，正在为脚底打水泡的战友疗伤。先用淡盐水泡脚，再把头放低、脚垫高，躺在窄窄的铺上，用在火上烧过的针头，挑破水泡挤出黄水。

这是大别山时的老传统，一直传到今天。这个方法很灵，水泡很快就蔫了，不妨碍第二天行军。

“未晚先投宿，鸡鸣早看天”的灯箱熄灭了。穿过窗棂悄然进屋的月光，似乎比城里的明亮些，小镇一片静谧。

明天行军路程只有 40 公里，且道路平坦。我在心中默默提醒自己，明早切莫睡过头，鸡鸣早看天。

4. 泥壁沱的枪声

连日翻山越岭急行军，晓行夜宿日晒雨淋，有人就嘲笑我白面书生晒成了黑包公。6 月 17 日傍晚抵达目的地——江津对岸中渡街，我还依然保持着军人姿态，没有一瘸一跛，走在街上尚能面带微笑地朝欢迎群众招手。心里暗自庆幸没有给母校丢脸。

说实话确实有点疲惫，放下背包如释重负。最迫切的是按照前站人员“号房子”留在门板上的粉笔记号，找到自己的住处。解开背包躺一会儿，伸一下腰杆，再去见团长。正在按图索骥之际，团长的警卫员就来喊我去团长那里，我连忙拭去额头上汗珠，整理下衣帽。团长见到我笑说：“行军路上表现不错嘛。那晚上要不是你喊开了老乡的门，找到井水煮饭，大家就要唱‘饿龙岗’了。”这是他刚学会的一句四川话，此刻从他口中说出别有风趣。

团长吩咐警卫员带我去领配枪。在去军械股的路上，警卫员自我介绍他姓黄，在家没有名字，邻居都喊黄六娃。陕北红军扩军，想去投奔队伍吃上饱饭。哪晓得人家嫌他个子矮又邋遢不肯收，于是他就蹲在路边哭，鼻涕冻成冰挂。白团长那时还是白营长，正好路过那里，见状把他从地上拉起来说：“别哭。别人不要我要，跟我当通信员。个子矮不怪你，是没吃饱饭。”

“我是陕北绥德人，和团长是老乡。陕北有句出名的顺口溜，‘米脂的婆姨绥德的汉，清涧的石板瓦窑堡的炭’。米脂的婆姨就是出了名的貂蝉，人尽皆知。可说到绥德的汉恐怕就没有几个人晓得了，他就是美男子吕布。‘吕布戏貂蝉’在我们那里是家喻户晓，绥德人都因为出了个吕布脸上有光。”

接着他又说：“既然到了队伍上，不能再喊黄六娃了，总得有个像样的名号。正在为这件事发愁，营长一准看透了我的心事，张嘴说道就叫黄胜利。黄胜利，喊起来好响亮。我偷偷朝家的那方山峁大声喊：‘爸、妈，你们的儿子从今天起就有名字了，黄——胜——利！听见了吗？’从此只要有人喊我一声黄胜利，立马提醒自己，我是绥德的汉，做事不能含糊。”

黄胜利乘兴说团长：“团长早先在家是放牛娃。那年他在山上给财主放羊，听说刘志丹来到陕北，他扔下羊鞭去投奔刘志丹。一群羊跟在他后面，他捡起土疙瘩扔向羊吓唬它们。羊却不怕，死活跟着他走。他带着一群羊投奔红军，成为一时佳话。此话传到刘志丹耳里，他笑道羊通人性啊。”

军械股在僻静处的高墙大院里，平时大门紧闭，来者通报姓名之后开门。股长说按我的级别和职务，该配支德国造20响驳壳枪。我笑说“盒子炮”有点笨重，能不能换个轻巧点的？股长说那就只有老式左轮。有人嫌它射程不远后坐力大，装子弹又有点麻烦，不喜欢。我忙说我喜欢，一次装6粒子弹，扣一下转动一下，最大的优点不卡壳，防身绰绰有余。黄胜利要股长找块红绸子给我，让我包着左轮别在腰上更显眼。配备了30粒子弹，能装5次。我心满意足。

从军械股出来，黄胜利不住地用好奇的眼神上下打量我，自言自语说年轻了点。然后朝我说话：“孙参谋，我跟随团长这么多年，不是自夸，学会了两样东西：一是学会一手好枪法，二是学会看人。团长身边进进出出的人多，只要朝一个人多瞟几眼，就看出他有没有‘两把刷子’。刚才多看了你几眼，你啥都好，有文化，人又长得‘抻抖’，就是年轻了点，上正式场合怕压不住台。我倒有个主意，把那套延安家机布军装送给你，你穿上它不就是‘老资格’了吗？”

我连忙摆手说：“使不得，延安时代的家机布军服太宝贵了。那时延安开展‘自己动手丰衣足食’大生产运动，连周总理回到延安都在窑洞里纺纱。贵重物品你自己留着。”他不听，回到团部硬把压在枕头下的那套家机布军服送给我。黄胜利的好心令人感动，但我还是没敢穿它。感觉穿上它会有冒充老革命之嫌。

团长见我回来腰上别了手枪就夸奖说，这才像个参谋嘛。接着就给我布置任务：“当前最紧急的任务是架通电话专线。现在总队领导和军区首长的联系，靠无线电对讲机呼叫通话。信号不好的话，不光听不清，最大问题是泄密。眼下司令部机关和沿线各师各团的联系，全靠通信员两条腿跑路送信，遇上暴雨天气道路桥梁毁损，人就过不去，难免贻误军机，所以由我们团负责架线。架线分 4 个小分队分头进行，限 3 天内全线贯通。你随张连长这个小分队驻泥壁沱，几个小分队数你们任务最艰巨、环境最复杂。张连长是淮海战役的战斗英雄，打仗勇敢，缺点是有点暴脾气，一打起仗来拼命往前冲，有些事顾及不到。面对复杂环境，关键时刻你要及时提醒他，给你一柄‘尚方宝剑’，你说他不听，就说是团长说的。”随即从皮包里拿出一张地图，“这是成渝沿线军用地图。它老了点，有些地方不够精确，将就着用。对了，我让通信连送来一部军用皮包机，你把它背上。电话线一旦贯通，马上用它和我通话，我等着你的好消息。皮包机你会用吗？”我说会，在军大野外实习用过。在地面上一边匍匐前行，一边背着它打电话挺威风。

我背上背包和皮包机赶去连里住，就想早点和大家熟悉。

我们架线所用的胶皮线是战利品，美国货，很沉很结实。下午团里用 4 匹马驮着它分布到各个区间。连长和我商量，明天天擦亮就出发，趁凉快多干点，和炊事班说好了早点开饭。

第二天清早出发，连长小声提醒大家动静小点、脚步轻点，免得惊扰其他战友。几十个人走在街心的石板上，竟没有一点响声。忽然团长警卫员黄胜利从后面撵来，手里提着一盏马灯交给张连长，团长让把它拿上。张连长不肯要，说团长每晚提着它下连队开会，一路上坡坡坎坎，团长更需要它。黄胜利说团长这里有他在，泥壁沱没有电灯，战士们更需要它。一盏马灯，反映出那个年代上下级之间的关切之情，让我这个新兵很受感动。

张连长率领的小分队是一个加强排，加上我和炊事员共40来号人，负责架设黄磏至小南海一段的通信线路。驻地泥壁沱在长江边上，是个小村落，约莫10来户人家，到达后对照军用地图找不见它。便参照周围的地形，用红色铅笔在地图上杵了个鲜红的圆点——泥壁沱。

泥壁沱地势险要，背后因山峦起伏望不远，前面是滚滚长江涛声震耳。每到一处陌生地方，必须尽快熟悉环境，这是作为参谋的必修课。于是，我从大院门口数着步子往江边走，测出驻地到江边的距离。今天天色已晚，明日一早，再从大院门口往山脚下走，测出驻地到山脚的距离。

架线的第三天，也是最后的一天。一大早，张连长跟我商量："今天是端午节，昨晚团里后勤派人送来'过节费'，加上原先节余的伙食尾子，足够打顿牙祭。托房东去乡场上买点鸡鸭鱼肉，请他们帮忙做，晚上请各家房东一起来会个餐。这几天他们有的帮我们挑水，有的帮我们送饭，有的还把我们换下的衣服悄悄拿去洗了。晚上大家坐在一起吃顿饭表示感谢。你是团里来的参谋，征求下你的意见。"我连忙说连长想得真周到，就按你说的办。他又嗫嗫地说，到时要我代表部队说几句。我点点头说遵命。

今天是线路贯通的最后期限，傍晚，总队司令和军区首长必须通话。时间越来越紧迫，几个小分队暗中相互较劲，我们这个小分队想争第一。我和连长明确分工，他带领大家高空作业，我在下面路边负责看守枪支，瞭望四周动静，接待停留路边观看的群众。天气炎热人容易口渴，招呼他们喝口老荫茶。说不定还能从他们口中听到一些有用的信息。

张连长身先士卒，带领大家各施绝技。战友们一个个像猴一样，在山崖间飞檐走壁，把电话线用特制的抓钉牢牢嵌在崖壁上，引来过路乡亲们驻足观看这样的大阵仗。仰起头望高处，战士们身轻如燕飞檐走壁；低头看地上，钢枪闪闪发亮。枪口挨枪口斜立在地上，像一把撑开的钢伞，在阳光下熠熠生辉。

男娃娃好奇，壮起胆子小心翼翼地往枪跟前走，想去摸一下；女娃娃胆小躲在大人背后，睁开大眼睛偷偷看。男娃刚走到枪的跟前，正想伸手去摸，大人连忙喝住：“摸不得！枪里有子弹。”“那是打坏人的！”男娃娃一边回答一边吓得往后退，差点绊倒。这一幕挺有趣，是军民鱼水情的一个缩影。其实枪膛里没有子弹，子弹袋挂在枪支上，像一条条写满功勋的绶带。刚才这一幕，正是我们期盼的效果，通过老百姓之口扬我军威，让敌人闻风丧胆。我连忙招呼大家喝老荫茶，让他们自己去桶里舀。

远处过来两位老人，看样子走了很长的路，把长布衫脱下来搭在肩膀上。来到架枪的“钢伞”面前，一位老者指着枪兴奋地说：“有了这些炮火，量那些‘棒老二’，就是借他十个胆子也不敢下山来！”另一位老者说：“哎呀，这几天我们那边山上有人影进进出出背着炮火，‘棒老二’怕是要下山干坏事哩！”说者无心，听者有意，我连忙迎上去与两位老人攀谈。原来他们是两亲家，今天约在一起喝酒。我问一位老人家在哪方，他踮起脚用手指了指，他手指的方向，正是泥壁沱背后那座莽莽大山。为了感谢两位老人，我用竹筒舀起老荫茶招待。从这一刻起心里就多了一分牵挂。暂且不对张连长说，免得他分心。

电话线提前半小时贯通。大家唱着军歌高高兴兴回驻地。远远看见炊烟袅袅飞鸟归巢，不由得加快脚步。有的战友笑着说，我闻到鸡汤香了。有的战友说闻到回锅肉香了，还是蒜苗烩的，有的战友还做出吞口水的样子。我没有闻到菜的香气。一群“棒老二”的影子不时在脑海里浮现。回到营地，战友们把枪挂在墙上就去冲凉，准备会餐。

我没有进屋，在院子外面一处较高的地方站着。这里视线开阔，便于瞭望。眺望的重点，是山上密林深处的那个垭口，那是泥壁沱通向外面的唯一通道。

忽然看见绿树林间一个白点在飞快移动，越来越近。终于看清了，是一个头裹白帕身穿长布衫的男人。他跌跌撞撞往这边跑来，大概是嫌脚步慢，来到垭口干脆抱着头顺着山势往下滚，滚下来的位置正对着泥壁沱。

不妙，有情况！我心头一惊，急忙迎上去。只见他长衫被汗水浸湿沾满泥土。上气不接下气地对我说：“解放军同志，山那边有一群土匪，正奔你们这边过来。”我连一声谢也顾不上对他说，扭头便脚不沾地往村子里跑。跑到连长身边不动声色低声附耳。连长急令吹响紧急集合哨，迅速下达命令：“土匪下山来了。子弹上膛，迎接战斗！”

“冲——啊——”连长率领人马猛虎一般冲出去，泥壁沱杀声震天。土匪节节败退，向山那边仓皇逃窜，张连长率领队伍乘胜追击。我急忙把军用皮包机的听筒高高举在手上，朝着交火的方向，好让团长听得更真切。团长连声说打得好！打得好！

团长身经百战，有丰富的战斗经验。他指示我见好就收，切莫恋战。我们地形不熟、敌情不明，不要穷追，以免误入圈套。我立即发射两颗红色信号弹传达收兵命令。我和连长早有约定，一旦发生战斗，我和他明确分工，他带领部队投入战斗，我留下来保护乡亲。我们事先约定以信号弹为号——绿色前进，红色后撤，黄色待命。

张连长打了胜仗凯旋，却意犹未尽。他边撸袖子边对我说：“打得痛快没有过足瘾。倘若你再给我 10 分钟时间，不！8 分钟也行，我冲进土匪的老巢，彻底消灭这帮龟儿子。可你发出了收兵信号，我只有服从。”我连忙解释：“这是团长的命令。团长说要为你这次战斗胜利请功！”

打了胜仗，军民们个个兴高采烈。家家都把桌椅搬出来拼在一起，张连长把马灯擦得亮亮的，灯芯捻得高高的。家家把“亮油壶”提出来挂在屋檐下，挂在树梢上，把村落照得亮堂堂的，像过节一样。不知谁家还拿出舍不得喝的一瓶烧酒，往每个碗里倒上一小口，举杯同庆。我们在泥壁沱度过了一个欢乐之夜。

第二天，4 个小分队在白沙沱会合，休整后班师回营。战友们个个都把几日来汗水浸透的衣服拿到江里漂洗。然后把它们平摊在光滑的大石头上，太阳晒江风吹，衣服不仅干得快还特别平整，像过了熨斗一样。我躺在床一样的大石头上享受日光浴，为了消除连日辛劳的疲惫，真想好好睡一觉。忽听有人喊："孙参谋，团长派他的大红马来接你了。快点上来！"骑大红马回中渡街团部，这是团长给我的奖赏。

黄胜利笑嘻嘻站在那里向我招手。我一跳下马，他接过缰绳交给饲养员，乐滋滋地对我说："告诉你一个好消息，你参谋的见习期本来是两个月，现在决定提前结束。我可不敢散布小道消息，是团长政委开会决定的，已经向总队司令部报备。今天晚上团长在连以上干部会上宣布。"

第二天，我和张连长接受了军区《前进报》记者的电话采访。他写成一篇通讯，题目是《泥壁沱的枪声》。结尾有这样一段话让我印象深刻：泥壁沱的枪声，让乌合之众的土匪土崩瓦解；泥壁沱的枪声，让成渝铁路工地赢得了一片安宁。参加战斗的人员立集体二等功一次。

时光如滔滔长江水，滚滚东流……

2020 年夏末，在热烈庆祝成渝铁路通车 70 周年的欢乐气氛中，好友曾健康一行人陪同我重走成渝路，来到泥壁沱，寻找到当年部队的驻地。这天天朗气清，眺望远处，重峦叠嶂岩烟轻飞；看近处鸡犬之声相闻。我们载欣载奔，寻寻觅觅，走到泥壁沱 7 组 83 号门牌前，看见构叶树的枝条探出墙外，红色浆果落满地上。它唤醒了我尘封的记忆，70 年前也是这般红浆果遍地。于是我确定，当年的部队驻地就在这里。健康快步上前敲门，一男一女两位老人正在屋檐下抹苞谷。他问老人家晓不晓得修铁路那年，解放军驻扎在这里，和土匪交过火的事。两位老人齐声回答晓得，怎么会不晓得！

我再也抑制不住内心的激动，几十年魂牵梦萦的泥壁沱，今天终于再次见到了！便自报家门，说自己就是当年驻扎在这里的解放军的一员。两位老人眼里顿时噙满泪花，颤动着嘴唇说，终于看见当年的亲人了。我激动得有些变了声调：“整整 70 年喽，什么都变了，居然还能找到你们。我这不是在做梦吧！”“不是做梦！”男主人先开口，“我叫冷重明，妻子叫李中台。都是泥壁沱土生土长的人，今年都刚满 70 岁。虽说当年我们还是怀抱里的奶娃儿不记事。稍稍长大了点，大人就一遍一遍给我们讲那天的经过。解放军在这里消灭土匪，对泥壁沱的人来说那是天大的事。”

女主人指着男人说：“那天父母背着他去走人户了，路远难走他姐姐走不动，一人留在家里。那年她刚好 8 岁，记得些事了。说子弹在头顶上飞，吓得她直发抖。一位年轻的解放军把她抱起来，让她趴在矮饭桌底下，拿被子盖住桌子挡子弹，就匆匆出去了。老人们总要我们记住解放军的恩情。”健康扭头问我，是你吧？我笑而不答。男主人接着说：“今天不巧，我姐姐进城去儿子家了。要是今天她在家，一定要磕头谢谢你这位恩人。”我连连摆手表示这话说得重了！在那种环境下，每个人都会挺身而出的。

重访泥壁沱，与老房东后代亲切交谈

男主人领着我们到院外地里看看，指着苞谷地说："那里打死了两个土匪，四脚朝天。"又指着豇豆棚说："两个土匪倒在地上嘴啃泥，还有个土匪打得惊叫唤，在地上没爬几步就死了。这些事姐姐都三番五次对我们说，她躲在桌子底下从门缝里看见的，那时没有院墙。"

这时，一列火车从面前飞驰而过。我们一行肃立路边迎候。嘹亮的风笛响彻天宇，仿佛是在为昔日的胜利欢呼！

·5.中渡街纪事（上）·

我所在的西南军区军工筑路第一总队直属二团，驻江津对岸中渡街，这里是历史悠久商业繁华的水码头。一团驻油溪，总队在德感坝，也就是日后的江津车站。两个直属团驻守在首脑机关两侧，成拱卫之势。

从 1950 年 6 月 17 日下午到达，至 1950 年 11 月 26 日早晨离开，我在中渡街生活了 152 天。短短的 152 天，是我青春岁月中最难忘的一页。我犹如一块毛铁，在通红炉火里经受熔炼，在冰冷坚硬的铁砧上接受锤打，氧化掉不少杂质。

下面这些片段在别人眼里，或许平淡无奇不值一谈，可是对于我来说都是人生磨洗的印迹，一个时代的雪泥鸿爪。

一张凉席

泥壁沱发生激烈枪战的第二天上午，我从白沙沱骑着团长的大红马，回中渡街团部。许多人用羡慕的眼光看我，弄得我有点不好意思，慌忙下马。饲养员老朱接过缰绳，骏马朝我昂首嘶鸣，喷出一股亲热的热气向我告别。我虽是头一回骑马，可马通人性，一点也不欺生。部队上按级别配置待遇，师级领导坐吉普车，团级干部骑马，营以下的一律两条腿快步走。这次骑马是团长对我的奖赏。

听说我回来了，后勤股长亲自来接，额外增添了一分亲切。虽然还是那鼻音很重的山西话，可多听几回不但习惯了，反而觉得别有滋味。他领我熟悉周围环境，去了团长那里后，我们走进一家卖盐的店铺。只见一只木制的方斗，像农家存储粮食的那种器皿，里面装满了盐，方斗上方平挂着一把秤，秤的旁边悬着一块“官盐”二字木牌。顺走廊前行，庭院深深曲径通幽，树荫下闻到一股兰花的淡香。后勤股长解释，我作为参谋本该和团长住在一起，工作起来方便些。但这里多是一间间大仓库，小房间少，除了女主人住的之外，只剩一间团长住。最大的一间做了会议室，营以上干部开会全都坐得下，其余的几个人一间。我负责保管关防(公章)文件，住这里不合适。对门政委院子里倒是有间屋很适合我住。他邀我过去看看。

政委住斜对门，中间仅隔一条街，街不宽几步路就能跨过去，遇有急事喊一声就能听见。这家的房屋布局和团长那边完全不同，店堂宽敞明亮，商品名目繁多，犁耙锄头铁锹，像一群赳赳武夫荷戈而立倚在墙脚。铁锅碗盏酒壶平放地上，像一局没有下完的残棋。回廊曲折，后面是闺房。后勤股长告诉我，这家房东姓穆，《白毛女》里穆仁智的穆。这个姓少，通街就他一家。

穿过店堂转个小弯，迈过一道门槛，后勤股长手一指说就是这间。只见门上用粉笔写着孙参谋三个字，是打前站的人写的。部队上惯例是打前站的人负责“号房子”，人马到了按门上所写对号入住。推开一看，屋子不宽，里面有床有桌有板凳，还有个上了红漆的小木柜，上下格抽屉都能上锁。谨慎倒是蛮谨慎，就是墙上没有开窗户，只是在墙的顶端凿有两个出气孔，空气不够流通。我猜测原先这里是存放银两钱钞的，门上一把“大将军”大锁把守。平时不住人，遇有风吹草动临时派人来这里守夜。我有点发愁，屋子有点像蒸笼，晚上怎么睡觉？这话只能闷在心里，不能说出口。

政委前天就到了，从成都方向来。既然后勤把自己安顿好了，理当去郭政委那里报到。穿过院落，顺便瞭望四周侦察了一下。房东一家三口，男的年近半百留八字胡，在店面上打理生意，女主人在后院料理家务，轻手轻脚不出声。有个读中学的女儿穿身学生装，正在走廊上看书。听说还有个儿子在重庆经商。

团长向我介绍了郭政委。他名叫瑶池，今年 27 岁，正团级，河北保定师范生，去延安入抗大，给贺龙当过秘书。如此简历足以让我羡慕不已。军大刘冰忱政委也是保定师范生，也是延安抗大的，也是正团级。日后有机会想问问郭政委，他们熟不熟，是不是同一期的。刘政委 29 岁，他们都是军中的顶梁柱，我们的楷模。

郭政委平易近人，保定口音似乎比刘政委还重些："团长说你是二野军大的，我是延安抗大的，都是从'团结、紧张、严肃、活泼'校训的旗帜下走过来的。"我忙说："你是革命前辈，哪能和你相提并论。优良校风是你们传承下来的，你们是我们后来者的榜样。"

郭政委身上有几分书生气，说话没有转弯抹角："我跟团长商量过，你住在我这边。有时我这边忙不过来，遇有特殊情况，你协助一下。当然，尽量不耽搁你手头工作。"我说政委有事让警卫员喊一声，这也是我见习锻炼的好机会。和政委谈得很开心，暗自庆幸又遇上一位好政委。

从政委房间回来，我发现床上多了张水竹凉席，用过多年油光发亮的那种，手一摸凉沁沁的。凉席没有脚，不会自己走到屋里来。难道世上真有"画中人"那样的好心女子，趁我不在送来凉席？正在向着墙壁上张望，看哪里挂有"画中人"，不料目光与穆掌柜的目光相遇，他正捧着水烟袋吸烟，欠了欠身，朝我点头一笑。瞬间明白了，凉席是他送来的。世间哪有什么"画中人"啊，好人就在眼前。有了这张凉席，让我整个伏天夜夜安然入睡。对凉席的来历我守口如瓶。我的房间太窄打不开转身，没人进来也就没人知道我有张凉席。

酷暑难当的日子里，警卫员、报务员和我喜欢在街沿口歇凉。四根挑泥巴的楠竹扁担一拼，就是"一张床"。这项发明权归警卫员小李。扁担一头搭在沿坎上，一头搁在街边。四根扁担好比是四个独立王国总闹不团结，你左摇他右晃，这边往上拱那边往下塌，咯吱咯吱叫唤，弄得背很不舒服。即便如此，我也没有把凉席抱出来，免得节外生枝。

直到秋凉上来，凉席再用不上了，我才将它抹洗干净物归原主。还凉席时轻声问穆掌柜，你为何做好事不留名？你亲手交给我，也好当面向你道声谢。他摇摇头说：“我姓穆，穆仁智的穆。那几天部队正在坝子里演《白毛女》，有人背后大声武气说穆仁智是个大坏蛋，姓穆的没有好人。我若当面把席子拿给你，对你不利啊。弄不好别人说你立场不坚定划不清界限，这可使不得呀。”

穆掌柜用心良苦，令我感动。

若干年过去了。每当夜深人静时，我常常回忆起中渡街那段往事，那张凉沁沁的凉席尤为难忘。留八字胡的穆掌柜微笑的形象，常在眼前浮现。又隔了若干年，在自贡偶然认识一位中渡街长大的铁路家属。她告诉我穆掌柜是个善人，信佛。抗美援朝那阵还捐献过飞机大炮，寿元长活到了80多岁。

打火把出工

我们团三个营，加上通信连、警卫连、卫生队等直属连队，总共1700人，绝大多数都是跟随刘邓大军挺进大别山过来的老同志。郭政委从成都带来的一个营是起义部队，是原国民党军校学生。所以领导再三嘱咐，革命不分先后，凡事须一视同仁，不许另眼相看。其实我是军大刚出来的新毛头，没有资格另眼看人。

除了团长政委和炊事员，团部机关人员一律劳动半天。上午出工，下午做本职工作，不得无故不到。我和通信员警卫员编在一个班，班长是政委警卫员小李。他比我小两岁，西安人，生性活泼，跟随郭政委翻秦岭越剑门关入川。年纪虽小却会体贴人，政委有眼力。

我们为何天不亮就打着火把出工？皆因这里天气异常闷热，北方来的同志极不适应。人们常说水土不服，我没有深切体会，但从他们身上我看到了。有人指着天骂："四川啥都好，就是这鬼天让人闷死了。闷得透不过气来，全身长痱子像个癞蛤蟆，难受死了。老子的枪要是够得着，给它一梭子，打它几个大窟窿，出出心头恶气！"

打火把赶早出工，11 点就收工。这时太阳还没有完全发威。

老问题解决了，新问题就出来。天不亮出工看不见路。那时别说路灯，连个手电筒也没有。有的人倒是有个手电筒壳，买不到电池，成了摆设，只能打火把出工。那么火把从哪里来呢？四川多竹，取之不尽用之不竭。给人带来诸多方便。我的班长小李就知道竹子的妙用，给我砍了一根竹棍，打磨得很光生，让我杵着出工。我不能回绝他的美意，便说班长你不能让我搞特殊。他笑说倒也是，那就下雨天用。

四川农村人不摸黑走夜路，点根"纤藤杆"照亮。"纤藤杆"燃完了，正好走拢家。何谓纤藤杆？它由纤夫拉船的纤索演变而来。不粗不细的竹丝拧成，韧性极好，几十个船夫套在身上弓着上身拉纤，从没有折断一说。聪明的四川人把纤索做成短截，约一米长，点着它夜行，故名纤藤杆。它有两大优点，既便宜又方便。乡场上随处可见，到了晚上摆在街边卖。风吹不熄雨淋不熄，价廉物美。颇受老百姓青睐。

部队后勤深入乡间采购大量的纤藤杆，又买来桐油。中渡街码头有修船的，桐油唾手可得。纤藤杆蘸上桐油，更亮也更经燃。一个班一根纤藤杆，天不见亮部队举着火把出工，在山间小道上迤逦前行，极为壮观。每当此刻，附近的老乡就推开门张望。他们说，这样的军队世上罕见。

到了工地，天还没有大亮，把尚在熊熊燃烧的纤藤杆往石缝里一插，铁锤钢钎的叮当声，在山谷里回响。战斗的一天便开始了。

铁路部门的施工人员给我们分配任务。按实到人数计算，手握花杆皮尺在山坡上比画几下，再用生石灰画出一条白线，一天的工作量就出来了，半天的劳动任务折半。倘若遇上特坚石，爆破的难度猛增几倍。天快黑了，石灰线还像条死蛇赖着不走，只好打起火把继续干。老兵说石灰白线就好比国民党反动派，不消灭它绝不下战场。许多战士的虎口震出血，却没人皱一下眉头。

在德感坝总队司令部有幸认识了一位老红

铁锤叮当响，打得钢钎冒火光

军。同志们都尊称他胡老革命，连总队长都得敬重他三分。要问资格有多老？邓小平同志在井冈山当县委书记时，他是他的贴身警卫员。枪法极好，百步穿杨，在大食堂当管理员吃小灶。而按规定是营以下人员吃大灶，团级吃中灶，师级以上才能吃小灶。

本来修铁路没有他。他在唐家沱军干所休养，忽听部队修路，就跑去对所长说：“再这样吃了睡、睡了吃，要长出毛病。我去修铁路活动活动腿脚，好多活几年。”他知道这事没人敢拍板，只有亲自去找邓政委。可邓政委现在很忙，不像当年在井冈山。他现在管大军区、管二野部队、管西南地区这一大片，一直管到西藏，西藏远在天边。他实在太忙，不能去惊动他。

胡老革命来到军区大院附近，守在小平政委下班必经的路上。等到小平政委走近，他迎上前去立正敬个军礼：“报告政委，我申请去修铁路。虽说挑不动抬不动，腿脚还麻利，眼神也不差，给总队司令部守大门总可以吧。请求你批准。”邓政委沉吟片刻后说：“我征求下李司令的意见，看安排个什么工作适合你。听通知。”李静宜司令听说老红军要来参加修路，喜出望外。这可是送上门的革命传统教育的活教材啊，打着灯笼都不好找。李司令安排他当总队伙食团管理员，同志们吃饭时进进出出，都能看见老红军在忙前忙后，自然就为年轻人树立起一个榜样。

果然老红军很快就成了大家心中的榜样。有人专门带我去伙食团吃饭，为的就是一睹老红军的风采。当他得知我是二野军大出来的，便打开了话匣子：“小平同志给你们讲过课吧。他口才好，给部队作大报告，不轻易刮人胡子。他讲课你一准爱听。”他接着说自己就是吃了没有文化的亏。在井冈山那阵小平同志喊他学文化，可捧起书本就头脑发昏打瞌睡。他自嘲真是没出息。

一天我又去伙食团，老红军拉着我去储藏室。抬头一看，老南瓜堆到了房梁底下，有黄皮的有青皮的。和我们团里差不多，都成了南瓜世界。老革命说：“小孙啊，说句倚老卖老的话你莫见笑。在井冈山吃南瓜，到了延安又吃南瓜，现在修铁路还是吃南瓜。打个饱嗝满嘴南瓜味。并非我老胡发牢骚说怪话，战士们的体力消耗太大，老是吃南瓜营养跟不上，这样下去战士们身体吃不消。我老胡心疼啊！”

“这事我闷在心里好几天了，要想法解决才行。这么大的事只有找小平同志才能行，别人拍不了这个板。我打定主意要给小平同志写信。昨晚上动手写，唉，这笔比七斤半的步枪还要沉。我一个字一个字硬抠，许多字还是写不出来。抽支烟，走几步，喝口茶，吃块糖，什么板眼都整过了，整到下半夜弄成这个样子。你帮我看看，咋样？”我一看，大吃一惊。一笔一画写得非常工整，就是字大了一点。书信内容如下：“邓政委您好！有件事想向您会（汇）报，有些字写不起，请李司令当面向您报告。部下胡必成。”（胡必成这个名字是小平同志给他取的，预示革命必定成功。）

胡老革命的亲笔信，加上李司令把打着火把出工的事说了一遍，军区领导不住点头称许。小平同志让李司令以总队名义就此事写份报告。

之后的批示连同总队报告作为文件下发，至今记得一字不忘：“部队筑路是创造了劳动价值的，应予以生活补贴。补贴标准以每天 3 斤大米折算。”以大米折算是当时一种特殊的结算方式。中央政府拨两亿斤大米修成渝铁路，便是有力佐证。

大米 6 分钱一斤，3 斤大米折合 1 角 8 分钱。猪肉每斤 1 角 6 分钱，补贴能让大家每天吃到一斤猪肉。当然，这钱不能光用来买猪肉，要全面改善伙食，蔬菜品种一下增加了许多。说句笑话，原先遍街叫卖番茄，有人想吃番茄鸡蛋汤。采买抱歉地说，对不起，番茄太贵不敢买。现在居然天天有番茄鸡蛋汤了。战士们高兴地说，天上神仙过的日子，大概也不过如此吧。不用说，老南瓜依然是一个保留节目，几天吃一顿，很香。

团长为此专门召开司务长会，要他们回去组织炊事员相互交流做菜窍门，不能尽是猪肉白菜炖粉条老一套，要尽可能多样化。这回该四川炊事员“行势”了，去别的连队做炒菜示范表演，个个拿出看家本领。回锅肉是他们的打门锤：蒜苗回锅肉、青椒回锅肉，还有藠头回锅肉……众人惊叹：四川人太会吃了。

随着伙食的改善，一个新的情况冒了出来，后勤处长向团长报告，一些纤藤堆在库房，不翼而飞。团长一听心里就明白，战士们是偷偷打着火把上工地加班了。

第二天晚上，团长让警卫排在各路口悄悄布上岗哨，遇有打火把加夜班的，劝阻他们回去。团长动情地说，我们的战士多可爱啊！

我去司令部时特地去了伙食团，向胡老革命汇报了工地上最新发生的情况。他感慨地说，这就是人民子弟兵啊！

月夜历险

我每天傍晚的一项重要任务是传口令。

中国军队口令的来源，大约可以追溯到两千多年前的一场战争。吴楚两国交战，楚军虏获了吴军的船只，吴王认为此乃奇耻大辱，必欲夺回而后快。要想从重兵把守的眼皮底下夺回船只实在太难，只能巧取。于是他派精兵 30 人，伪装成楚军模样混入军营，又从楚军口中获得当夜口令。在口令的应答声中瞒天过海，终于顺利把船弄回吴国。

我们口令的使用范围极广，四川、重庆、贵州使用同一口令，其保密性不言而喻。口令由军区机要处专管，设有一套严密传递流程和传递要求。口令由机要通信员专送，和一般公文、报纸、军人家书严格分开，也不得用电报传送。每次口令到团里就送交我手上，由我在收件簿上盖上牛角刻的图章。刻有孙贻荪三个字的图章印模，须向总队收发室报备，不允许他人代收。

总队分布在重庆菜园坝至永川车站一带，是成渝线工地最长的总队。机要通信员的交通工具是两脚蹬自行车，几个人跑不过来。总队收发员在电话上与我商量，说我离总队最近，只有 8 公里路，喊我自己去取。8 公里对我们年轻人来说，区区小事。我每周六下午去司令部取下周的口令。

领回的口令，本来可以锁在小屋柜子里，后勤处长也是这样安排的。可是由于眼下土匪时常出没，我改变主意：口令随身携带，人在口令在。于是找人帮忙缝制了一个小布袋，袋口用松紧带收紧。把它拴在裤腰上，藏在内裤和长裤之间。汗打不湿雨淋不着，非常隐蔽，不易被人察觉。

各连通信员来领取口令的时间，定为傍晚六点半至七点。路隔得远的可以早来早去，有特殊情况的可以迟到，但须说明理由。通信员们非常遵守纪律，从不迟到，自觉依次排在我小屋门口，口令由我一对一口授，进来一个口授一个。它只能用心记，不允许记在纸条上或写在手板上。通信员的年龄一般都比我小，我 18 岁，他们大多在 16 岁上下，但是资格都比我老，大多没有上过学，都在努力学文化。因为口令偶尔会出现个别不常用的字，必须多认字才免得误传。如果遇有稍为冷僻的字，我教一遍，他们一学就会。但这种情况极少极少遇到。

在中渡街修路期间，我有过一次奇特的遇险经历。这次历险，因为一张油印小报引起。

部队一向有办油印报纸的光荣传统。这一点可以追溯到长征路上小平同志办《红星报》的故事。这一光荣传统一直传承了下来。总队政治部宣传科办有《开路先锋》报，我们二团郭政委紧随其后，办起了《军工报》，几个“秀才”天天伏案耕耘。总队举行了一次直属团、各师报纸的评比，《军工报》得了个第一名，奖励了一部油印机。郭政委很开心，乘胜前进，向军区要来一名专业缮写员。专业人员就是大不一样，正文刻得像排版的铅字，美术字的标题字体也绝不雷同。

八一建军节前一天，报纸出特刊。谁知等蜡纸刻好了，油印机却出了故障。这下可坏了大事。将近下午 4 点，政委急忙派警卫员小李喊我赶去。政委皱着眉头说：“油印机坏了，江津城里没有卖的，上重庆买来不及，只有向总队报社求援。这件事只有你去最合适，报社的编辑大都是南京、开封二野军大出来的，都是你的学长。你去他们会给你这个面子。”

我每次去总队，只要时间允许，总会去看看从军大出来的学长，无论是开封军大还是南京军大，都属于二野，只要相互一提便亲如一家。他们也非常关心我，师姐王凤阁还特意给我推荐了两本苏联小说，一本是《钢铁是怎样炼成的》，一本是《第四十一个》。这些情况我闲聊时和郭政委摆过，想不到他倒记在了心上。

传口令的事交给谁？我请示郭政委。他胸有成竹地说交给警卫排长。新来的缮写员交给我刻好的蜡纸，他分别装在两个蜡纸筒里：一个筒里是正文，用黑油墨；另一个筒里是标题，用红油墨。怕我弄错，特别在蜡纸筒上做了鲜明记号。

刚走出门，我的小班长小李撵上来："晚上伙食团包饺子吃，到时我给你留一碗，放在锅里温着。"

马不停蹄赶到报社，早已过了下班时间，几位学长分头忙碌起来。油印员打篮球去了，马上去球场上喊。又有人去司令部食堂为我打饭。食堂关门了，打饭的拿着空碗回来。油印员大汗淋漓跑回来，二话没说拴上围腰就开干。我心里明白，油印员之所以这么使劲，是看在几位学长的情面上，他们平时一定相处得很融洽。

一千份套色报纸分两次印，终于印完了。油印员说纸张光滑不肯吸墨，要让它吸收完才能提起走，否则要弄花。我心里虽急也只好耐下性子等一会儿。过了一阵，几位学长找来旧报纸，把印好的小报包裹捆扎牢实，生怕万一半路上打散了，到头来前功尽弃。临走前，南京学长陈广谋给郭政委打电话，说孙贻荪马上拎着报纸回来了，团里派人路上来接一下。

临走时几位学长嘱咐，天色太晚，回去不能走白天来的那条公路，公路要穿过很长一段树木茂密的悬崖峭壁，谨防有土匪埋伏。走江边小路，小路还近些。几位学长还提醒，出了街口不远有条岔路，走到岔路口不向左拐直往前走，顺着前面的坡坡梭下去，坎底下就是江边。我点头一一记住。一千张报纸拎在手里，不觉沉重。抬头一看，明月当空正好伴我夜行。

走到岔路口往前一看，果然有个小土坡，把报纸紧抱怀里顺势往下移。梭下去抬头一看，不仅大吃一惊。这哪里是我平日看到的长江哟，只见浊浪排空，急流咆哮。再一看，枯藤杂草在漩涡中痛苦呻吟，房椽屋檩在风浪里倔强挣扎。这就奇怪了，近几天附近并没有下雨嘛。啊！想必上游下了大暴雨，在下游显摆它的“战利品”。

沿江边往前走，忽然看见月光下的沙坝上出现一片奇异的“森林”，光秃秃的无枝无叶，颜色惨白。莫非是眼睛花了出现的幻影，我用力拍了拍脑袋，揉了揉眼睛，没有毛病呀，听觉视觉一切正常。索性再往前走走一探究竟。走近沙坝一看，大出意料，所谓“森林”原来竟是江中一具具浮尸，推送到沙坝后形成了怪异的人体“森林”。

遇见死人怕不怕？我一点也不害怕！也许有人说我吹牛，不，这绝非自我标榜。这应该与母亲的遗传基因有关。她是上海纱厂工人，参加五卅大游行时，血染南京路，她戴着红十字袖套抢救伤员。母亲不止一次跟我说，死人不足怕，不就是比活人少一口气吗。这话我一直记着。

发现人体“森林”有一个奇异现象：女性一律头朝下背朝天，男性则背朝下面朝天，河沙把他们嵌得稳稳的，就像一棵棵树。对这一怪异现象我心中不解，日后依然不能忘怀，请教过许多人，为何如此，却没有一个明确答案。

再往前走，来到一片开阔地。月光下我的身影极易暴露，只好走“之”字前行，即使土匪向我射击，也不容易打准。正走着，一排子弹从头顶呼啸而来。果然真有埋伏，土匪发现了我。我急忙卧倒，把报纸护在身下，防备子弹击穿。就在这时，一阵更为激烈的枪声向土匪猛烈射去，土匪的枪声顿时哑了，再无动静。“孙参谋你在哪里？”一听就是警卫排长的大嗓门，果然政委派人接我来了。真是及时好雨啊。忙向他们挥手：“我在这里！”

我们一行精神抖擞回中渡街。走到街口岗哨喊：“口令！”警卫排长回答“战——斗——”我对警卫排长说今天这场战斗多亏了你。他憨厚一笑觉得是小事一桩。

夜深人静，脚步踏在石板上发出清脆响声，仿佛是悦耳的进行曲。走到政委门口，脚步声把蹲在街沿上的一个人惊醒，他霍地站起来，是团长的警卫员。他摸摸头有点不好意思地说：“孙参谋你回来了！团长不放心，要我在这里等，不小心睡着了。我马上去给团长报告一声。”

政委警卫员小李真会使唤人，连忙喊住他：“顺便去厨房把锅里的那碗饺子端来。孙参谋还饿着肚子哩。”回到政委房间，他正在焦急地等待，接过报纸捧在手上，低头深情地闻了一下，油墨真香。

我忙对政委说：“快给报社陈广谋打个电话，报个平安报个平安，恐怕他们正着急哩。”电话正是陈广谋接的。他们一直守在电话旁边，听到一阵枪响更加不安。现在大家可以睡个安稳觉了。

这期报纸受到好评，总队文化科奖励了一部脚踏式油印机，能自动翻纸，很先进。

我月下遇险的事，有人写出来登在《军工报》上。不久军区《前进报》转载，标题改为“月下历险！”一字之改，郭政委直夸改得好。

6. 中渡街纪事（下）

大战小墨蚊

成渝铁路开工之后，部队从四面八方蜂拥而至，抵达工地后部队住民房。我军住民房历来就有“借门板要还”，离开时“把地上打扫干净”的严格规定。军民一家亲的好传统，自井冈山时一直沿袭至今。说句实在话，当时部队根本没有财力物力搭建工棚，只能住民房。

沿线群众见部队开过来，连忙开门迎客，主动把房子腾给部队。大多人家的住房并不宽绰，见解放军扛着枪和修路工具候在门外，赶忙全家总动员。婆婆儿媳女儿们挤在一床，公公儿子孙儿们挤在一床。更令人感动的是，新婚夫妇连新房都腾了出来。他们说能多腾一间是一间，要让人民子弟兵睡个安稳觉。

中渡街是长江上游著名的水码头，顺山势而建，像一条卧龙，头伸入江中戏水，尾藏在陡峭的山林之间。码头的繁荣带来了物质文明，这在民居方面尤为显著。林立的商铺皆为前店后院，不仅房屋宽敞明亮，环境也都整洁卫生。几乎每家屋角僻静处都有间挂着帘子的厕所，打扫得干净，不时还撒些生石灰粉。白天不见苍蝇，晚上不闹蚊虫。部队发了蚊帐，可是整整一个夏天都没有人挂。

人们常说城乡差别，差别究竟在哪里？未身临其境总不免有些模糊。倘若在沿线农民家里落脚住下来，生活环境和中渡街一比，说是天壤之别并非夸张。农村房屋少，人口多，猪狗牛羊等牲畜必不可缺。人的住处和猪圈牛棚相隔不远，猪圈牛棚脚下就是大粪坑，用来积肥。所谓“庄稼一枝花，全靠肥当家”。这就是他们的“当家”，是田野上丰收希望的倚靠。铁路开工时值盛夏，一种肉眼难以看见的会飞的墨蚊横行肆虐，茅坑是它们快乐的大本营。

墨蚊极为狡猾，善于守株待兔。人就是活鲜鲜的“兔子”，你上茅坑一脱裤子，墨蚊立刻闻香而来，尖起嘴吸吮你的鲜血。北方来的战友对它一无所知，更谈不上有什么防备。一天中午收工，一位北方战友上茅坑，陡然感觉两瓣屁股奇痒难耐，急忙惊叫提起裤子跑出来。四川战友惊诧，忙问发生了什么，他才不好意思地如实相告。四川战友一下就猜到了缘由：墨蚊把你的屁股当唐僧肉了。

什么是墨蚊？北方战友满脸疑惑发问。四川战友主动为他补课：墨蚊身体极小，只有芝麻粒大，黢黑，阳光一照通身发亮。都说蚊子凶，可蚊子晚上才出来。墨蚊不管白天晚上都出来横行，躲都躲不脱。尤其是暴风雨即将来临天气闷热时刻更加猖獗，拿起蒲扇驱赶都赶不走。

工地上抡锤开山，战友们个个大汗淋漓，只得赤膊上阵。随着气温升高，墨蚊的繁殖成几何级数剧增。工地附近大多有积粪池，老乡们还扯些青草丢在里面沤肥，这里就变成了墨蚊的又一个快乐大本营。其实即使工地附近没有粪池，墨蚊也会闻香而来，它们不计路途遥远。战友们一个个被墨蚊咬得体无完肤、奇痒难耐。痒了就狠抓，一抓就溃烂。北方战友朝墨蚊吐口水骂它仍欺生不地道，专咬外地人。一时间，战友们谈墨蚊而色变。

不少老兵战场上轻伤不下火线，都羞于吃“病号饭”。现在却遭墨蚊噬咬，伤口溃烂，行动不便，不能出工，成为“病号”，觉得有点委屈又有点不光彩。我每天都要接到各连报来的出工减员报告。团长了解情况后，立刻在电话上向总队李司令报告，李司令又急忙向军区卫生部报告。卫生部说过去没有遇见过这种情况，是个亟待解决的新难题。连夜用快马送来万金油，限天亮发至连队，每个战士随身携带，出工前抹在外露的肢体上。墨蚊很狡猾，闻到气味不对就暂时逃遁，躲在不远处的树叶上歇稍，等到万金油药力挥发殆尽，对墨蚊的威胁解除后，它们再集合队伍卷土重来。这时的墨蚊肚子腾空饥饿难耐，咬上一口比先前更狠更毒。

经过一段适应过程，墨蚊渐渐发现万金油凉悠悠的，并不可怕，对自己的生命不构成威胁，完全是白白虚惊了一场。我瞎猜这群墨蚊和另群墨蚊之间，可能有什么联络暗号。要不，怎么会漫天狂舞，和我们展开游击战。万金油进它退，万金油退它进。军区卫生部号召医务人员献计献策，群策群力攻克墨蚊这道难关，取得成绩者有奖。

团卫生队丁队长是我老乡，年龄不大资格很老，是新四军茅山医院军医。知道我们非常憎恨墨蚊，就特意送了本军区卫生部编印的《卫生通讯》给我，上面有专门介绍墨蚊的文章。墨蚊，学名蠓虫，生长在潮湿炎热的南方，性喜集聚，犹嗜肮脏。有些地方百姓又称它为“默默蚊”，取其默不作声闷头咬人后逃之夭夭的意思。墨蚊繁殖飞快，生命力极强。雄性汲取树叶的汁液维生，雌性口味很挑剔专吸人血，其他动物的血一概不领情。所以人就特别遭殃，免费奉献血液供它繁殖后代。由于它长期集聚在极为肮脏的粪坑和污水里，身上携有各种细菌，是传播多种疾病的罪魁祸首。文章里还说墨蚊分两大类型：一类速发型，咬后马上起风包，痒得钻心又不敢挠，一挠皮破肉绽；另一类迟发型，咬的当时没感觉，隔上半日便奇痒奇痛，红肿发烫，出现大片瘀斑、水肿。后者危害更大。

团卫生队召开紧急会议，讨论如何对付墨蚊。团长派我去列席旁听，嘱我留心观察，看有什么好建议好主意带回来。丁队长会上传达了军区卫生部关于攻克墨蚊难题立功受奖的通知。与会人员个个摩拳擦掌表示，墨蚊是我们前进路上的“拦路虎”，必须把它当作敌人来对付。要发扬当年挺进大别山的战斗精神，坚决彻底消灭它。团机关卫生员吕半坡发言时情绪激昂，说到最后，站起身来举起右手握紧拳头庄严宣誓："都说老虎的屁股摸不得。如果说墨蚊是老虎的屁股，我也要去摸它、制服它。"丁队长带头为他鼓掌，会场气氛热烈，无数人向他投去鼓励与期待的目光。

吕半坡是西安人，家离半坡母系部落遗址不远，父母要他记住是半坡人的后裔，为他取名半坡。他在家乡读卫生学校，没毕业便参军当卫生员。1949 年冬天，跟随郭政委从西安出发，穿越秦岭风雪，强渡嘉陵激流，路过诗情画意的翠云廊也不肯稍歇半步，急抵成都。休整后跟随郭政委来修成渝铁路。他和我同在一个班里劳动，脾气很合得来。一根杠子抬石头，他年龄比我小，个子也比我矮，他抬前头我抬后头，他总想多分担点重量，把吊着石头的绳扣往自己一边拉。我只好用小刀在杠子中间刻一道印痕，用墨汁染上作为记号。从此绳扣系在杠子当中，他笑我太古板不灵活。且由他笑去，作为参谋，我不能占一个比我年龄更小的战友的便宜。

一次我的右手手指被尖硬石块划了一道血口，鲜血长流，正好那天他没有背药箱，我问他咋办。他不假思索说，屙泡热尿对准伤口冲。我半信半疑，只好照他说的办。果然伤口立马止血，且没有发炎。问他这个办法出自哪本医书，他笑着说，书上哪有这个，老兵传给我的。

吕半坡男人女相，从身后远看，走路真像女孩子。他天生有副好嗓子，团里排演歌剧《赤叶河》他演女角，博得经久掌声，许多人居然没有把他的性别识破。我对他说你嗓子好，干脆改行去文工团。他摇头说："不。等铁路修通了，就回西安卫校继续读书，学校给我保留了学籍。再读一年拿到毕业证回部队，就可以当医助(实习医生)了。”他还说：“丁队长很支持我的想法，告诉我读书期间津贴费、生活用品照发，完全可以让我专心致志攒劲读书。眼下顾不上说那些，先和墨蚊大战几个回合再说。我要大战墨蚊的事你先替我保密，千万不要走漏风声，因为谁胜谁败还尚未可知。”我点头答应。

吕半坡参加团卫生会议回来后，不声不响开始了积极行动。上午工地上吹哨歇稍 15 分钟，他跟班长打声招呼解大手去。班长关心人，提醒他附近就有个茅坑，墨蚊还不算厉害，何必往远处走。当心大粪坑的墨蚊咬破你屁股。他笑着说不怕。班长说你吹牛吧，我肯信你和墨蚊拜过把兄弟，它不咬你。他淡然一笑不回答。这种情况好像还不止一次。吕半坡“解手”蹲的是最大最脏的粪池，这里是墨蚊独霸一方的极乐世界。

每次半坡“解手”回来，都跟我使个得意的眼神。我心里明白，其中一定有什么不为人知的卯窍。有一天太阳特别毒，墨蚊又乘兴结队袭来，战友们正在切齿痛恨，控诉它们的累累罪行。山脚下忽然传来唱歌一样的美妙声音：“墨蚁被我打败了！打——败——了！”吕半坡提着裤子红着脸跑回来，手舞足蹈地说墨蚊也是纸老虎，你们来看。大家低头一看，他屁股上涂满青蒿汁液绿成一片，气味很重。他一边提起裤子一边羞涩地说：“让你们见笑了。刚才实在是太兴奋了，有点得意忘形。我光屁股涂上青蒿汁，在粪池边蹲了很久，竟没有一只墨蚊敢靠拢来。”大家热烈鼓掌，异口同声说快给半坡请功。有人朝我抿嘴笑，就看孙参谋这篇文章啷个做了。我忙说这篇文章是小坡自己做的，很精彩，只不过我帮他誊抄一遍。

吕半坡在卫校学过中药知识，偶然发现野地里长满青蒿，摘下几片叶子在手中搓揉，气味浓烈刺鼻，就突发奇想，把它涂在屁股上试试，看墨蚊怕不怕？涂在左边屁股墨蚊咬右边，涂在右边屁股上墨蚊咬左边，左右都涂上，墨蚊纷纷远遁。这已经是连续第四次了，全部获得成功。这才提着裤子跑来给大家报喜讯。

团长闻讯大悦，连夜向李静宜司令报喜。李司令当即号召在全总队推广，果然立竿见影，筑路工地再无墨蚊之忧。

吕半坡的事迹材料我连夜完成，卫生队立即上报军区卫生部。没等多久，三等功奖章就悬挂在了吕半坡胸前。

入冬不久部队归建，撤离成渝铁路工地。半坡随部队去了朝鲜战场，再也没有回西安母校完成学业。相信他在战场上一定是位勇敢的白衣战士。可惜后来没有音讯，但愿他活着归来并立功受奖。

听来的故事

八一建军节一大早，团长就叫住我说：“快去换身干净衣服，等一会儿庆祝会上要宣读总队对你的嘉奖令。嘉奖你昨晚临危不惧，保护《军工报》的勇敢行为。上台接受嘉奖令时，你得说几句话表个决心。”真没想到一件小事还弄得这么隆重，我心里不免有些忐忑。

午饭后放假半天，宣布可以进城。机会难得，决定去江津城里走一走，来这里一个多月了还没有进过城。团里规定，星期天连队休息一天。团部工作人员上午完成了手头的工作，下午可以休息半天，洗衣袜、写家信、打扑克。打扑克是当时部队里极为普及、极为简便的娱乐活动。

只要坐下来一摸牌，不论你是啥职务，一律桌子板凳一般高。输了就得心甘情愿受罚——喝一大口白开水。团长政委偶尔和我们一起打扑克。警卫员小李摸到"大鬼"时朝政委瞟一眼："这个是你。"摸到"小鬼"朝我瞟一眼："这个是你。"我连忙摆手，说这话千万使不得。他说有啥使不得，一个是"抗大"的，一个是"军大"的。团里数你们两个文化高，一个"大鬼"一个"小鬼"正合适。我瞅着政委说你得管管他。政委爽朗一笑说，娱乐时间管不着。这样一来小李更加得寸进尺，有时竟长声吆吆喊我："小鬼——大鬼喊你赶快去他那里听令。"

打扑克还有个附带的精彩节目。只要是团长或政委输了，都得掏钱买油炸豌豆粑请客。后来我发现，他们有时是故意输的，用这种方式来活跃气氛，顺便犒劳犒劳我们。买油炸豌豆粑自然是警卫员小李跑腿。他还立了个规矩，谁出的钱就多给谁一个油炸粑。

或许有人问，星期天大家为何不进城逛逛？说起来大概有两个原因：一是坐轮船过江人多打挤，很不方便；二是部队实行供给制，牙膏牙刷肥皂洗脸毛巾，一律按时供给。寄家信由收发室盖“军邮戳”，不必去邮局买邮票。况且军纪极严，军人禁止下饭馆进酒店，严禁在街上吃零食。即使买根甘蔗也必须切成短截，装在挎包里带回营地再吃。这样一来，进不进城就变得无所谓喽。

我今天进城，要办两件非常重要的事。头一件事是去照相馆照相。今天是我入伍的第一个建军节，又受到总队通令嘉奖，得照张相片留作纪念。第二件事是采购米花糖。这是政委警卫员小李交的一项任务。他是个机灵鬼，见我背着挎包出门便问：“你晓不晓得江津米花糖很好吃？”我故意逗他说不晓得呀！他撇了撇嘴装出怪相说：“亏你还是参谋，连江津连米花糖都不晓得。交给你一个任务，买几封米花糖带回来，给政委一封让他尝尝。”经他这一提醒，我连忙换了个通信员送信的大挎包，多买几封多分几个人。我刚跨出了门，小李在身后大声喊：“多耍一会儿不要急着回来。你换下的衣服我晓得洗。”

第一次进城有点打不到山势，东问西问才找到了照相馆。照相馆门口有个卖针头线脑的小摊，竹竿上挂了各种颜色的毛线钢笔套。它是当时最时髦的装饰品，年轻的文化人——教师、学生、报馆人员最为喜爱。我咨询过领导，得知允许军人胸前佩挂钢笔套，想到机会难得便买了一个。请大嫂帮我选了个浅咖啡色的不扎眼，和深绿色军服很搭。兴冲冲地把钢笔装在套子里，挂在胸前走进相馆照相，心里颇有几分得意。

出乎我的意料，这里照相馆的摆设和气派，居然和重庆解放碑的不差上下。摄影室灯光明亮摆一架大照相机，照相师傅同样躬身黑红夹层布里，对着镜头喊：“照了哈，莫动。”咔嚓一声干净利索。这张照片若干年后还真派上了用场，因为哥萨克式军服很快绝迹，它成了那个时代军人的独特印痕。此照片被采访我的多家媒体采用。

身着哥萨克式军装的作者

照完相正兴致勃勃准备离开，忽然想起买米花糖的事。连忙问照相馆老板，做米花糖的泰和斋店怎么走？老板用手一指：“出了门一直往前走，你闻到炒米糖的香味停下脚来准是泰和斋。店里的伙计会朝你笑脸相迎，招呼你进店。”从照相馆老板口中还得知，在兵荒马乱的解放前夕，泰和斋倒闭了，老板弃店逃亡，伙计们流离失所。解放后在政府的悉心帮扶下重新开张。老板为了感谢新老顾客，特在宽敞的店堂里摆上好几张黑漆方桌，凡是买了米花糖乐意在店里吃的，都请他们随意落座，用上好的老荫茶招待。寻常百姓常说“粗茶淡饭”，“粗茶”就是老荫茶。为何到这里摇身一变成为了上好的？原来它不是一般的老荫茶。它采摘于梁平大山深处的百年古树，茶汤味香色浓，呷一口口齿留香。一般街边茶馆是喝不到的。因此，那些身着长衫、手握黄铜长烟杆，沾点文化气息的长者经不住老荫茶香气的诱惑，总要相约来泰和斋小坐。

当我一脚跨进店堂，几位正嚼着米花糖喝老荫茶的老人，齐扑扑扭过头用惊诧的目光打量我。一位留着山羊胡的长者还站起身挥手招呼我："解放军同志，请到这边来坐。给你留了个空位子，来喝口香茶歇歇脚。"

我连忙向他们侧身点头："马上来，马上就来。"眼前这个场面让我喜出望外。前几天郭政委交给我一个任务，说有机会找几位上了年岁阅历丰富的乡亲摆摆龙门阵，听听他们对解放军修路的感想。看来今天乃天赐良机，岂能白白错过。

我把一大包米花糖放下，随即自报家门："我是住在河对岸中渡街筑路部队的，那里没有米花糖。这些是给战友带的。"他们一听我是筑路部队的，连忙起身问候："失敬！失敬！"山羊胡老者一边啄脑壳一边说："真乃仁义之师秋毫无犯啊！"

他们一一自我介绍，看来都是江津地盘上有头有脸的人物。说起成渝铁路他们就有些激动，似乎有一肚子话要说。他们告诉我，几位的上辈人都买过铁路股票，可到头来是竹篮子打水一场空。股票成了一张废纸，丢在茅厕里都没有人捡。盼星星盼月亮，好不容易盼到抗战胜利，听说成渝铁路又要动工了，大家额手相庆。果然不几天猫儿峡那边就传来了放炮的响声，有人心细，数着炮声连响了八下，高兴地说看架势这回是动真格要修了！有人约上同伴背着干粮，走路上猫儿峡去一看究竟。回来绘声绘色说，在半山腰悬崖峭壁上放炮，真要几分胆量呢！听了他这一描述有人就深为感动，着实大方了一回，买了几斤烧酒、油酥花生米，切了一大盘豆腐干，约起买了股票的后裔，一起举杯畅饮，以为终于可以告慰先人在天之灵了。有人还烧了纸钱。谁知待他们酒醒过来，再也没有听到放炮的响声。再一打听说是炸药没有了，人也散伙了。你说这事可笑不可笑。说到这里，山羊胡老者拈着他心爱的胡须说：“从此我们这里流行一句歇后语，‘成渝路——羞(修)不羞(修)啊’！”说得大家仰头大笑。这段话既富有民间色彩又具有辛辣的讽刺意味。这番民意调查，得来全不费工夫。回去向政委详细汇报，他一定拊掌而笑，夸四川人聪明有趣。

有人问我开山放炮的炸药是从哪里来的？我回答说是自己造的。他们听了满脸疑惑，解放军还会造炸药？我告诉他们，我们这支刘邓大军能征善战，参加过著名的挺进大别山、淮海战役，现在又来修路，什么困难也难不倒我们。首长谆谆教导我们修铁路要当好小学生，虚心向工程技术人员学习，向民间艺人学习，制造炸药就是从民间学来的。我们不仅学会了造炸药，还要学会开采石料。

我接着问几位老人：“成渝铁路有座著名的王二溪石拱桥，大家听说过吧？”他们连连点头。这座桥全长 316 米，双孔联拱，造型别致。位列全国铁路石拱桥之冠，充分展示了中国人的智慧。部队派了一名侦察连长去附近招兵买马，因为他入伍前在家当过石匠。

山羊胡老者听我一说，连连点头：“怪不得这几天这里的石匠都去王二溪赶考。不是自我吹嘘，江津石匠的手艺远近闻名。德感坝南华宫河上那座石拱桥就是他们修的，那时哪来的洋灰（水泥），是把糯米饭舂绒做糨子将一块块石头粘上去的。经受了百年风雨，拱桥至今安然无恙。”他加重语气对我说：“解放军同志，这座石拱桥是你去德感坝部队首脑机关的必经之地，你一定走过很多回。”我忙说：“首长早有指示，修德感坝车站放炮时一定控制好药量，不能让飞石砸伤石桥。”

老人接着兴致勃勃告诉我，去王二溪赶考的石匠回来说，他们遇上了黑包工考官。我心里发笑，这位连长的脸本来就有点黑。考他们 16 人抬一块大牛石，从山上羊肠小道抬下来，脚步不许打闪。在纵横交错的抬杠上，每个人肩头上都扛着一座山。考他们用錾子把一块大石破成 16 方，每一块必须四方四正不得缺边少角。江津去的几位石匠都考上了，有的还当了掌墨师负责放线。几位老人笑豁了，连忙高声喊续水。一时间茶碗杯盏相碰发出悦耳的脆响。

山羊胡老者似乎又想起了什么，侧身问我：“听说修铁路缺少枕木，政府正在号召大家捐献木材，是不是有这个事情？”我说确有此事。原因是加工枕木的木材要从东北的长白山里砍伐，运到枕木加工厂制作，然后又乘火车又乘轮船逶迤千里，才能把枕木运到重庆港口码头。这样一来不仅耗费时日，而且把豆腐都盘成了肉价钱。他们听了，异口同声说要捐枕木。

自古以来蜀地山岭连绵，山上良木葱茏。所以才有“蜀山兀阿房出”的说法。蜀人有一个代代相传的习俗，凡是境况稍微好点的家庭，男人过了50岁，号称为半百之年，就要为自己准备棺材。棺材二字有点犯忌，故称为寿材。四川人语意嬗变，一字之改含义就有天壤之别，由忌讳变为喜庆。眼前这几位都为自己准备好了寿材。这个自炫说自己的寿材是香樟木，那个说自己的是楠木，还有人说自己的是柏树。柏树二字刚一出口有人反唇相讥，柏树太平常，房前屋后皆是。他急忙申辩，此柏树非彼柏树，它是从张飞所植翠云廊古柏取来的种子，具有千年不朽的品质。我急忙打断他们的争执扭转话题：“我个人先表个态，回去马上向领导汇报，跟大家约定时间，选个适当的地点，举行木材捐赠仪式。凡是捐赠了木材的，由部队出具收据，写明收到家住江津某地某人何等木材，数量多少，盖上大红公章。”他们异口同声说太好了，这收据他们要作为传家之宝传给后人。

这时山羊胡老者站起身整理衣冠说：“今天在泰和斋吃茶意外遇见这位解放军，让我们茅塞顿开。我们几个回去多多宣传解放军一手拿枪一手拿镐的英勇事迹，把今天听到的泥壁沱打土匪的事迹广为宣传。让更多的人晓得修建成渝铁路对我们老百姓的好，动

王二溪石拱桥

员更多的人来捐献枕木。”

临别时，我记下这几位老人的姓名和详细住址。

今天进城听来的这些信息，收获远远超出了我的预料。回去好好整理一下，用文字把它们记录下来，再向政委完完整整汇报。

采购金星笔

转眼就到了十一国庆节。这是新中国的第一个国庆节，必须隆重庆祝。上午八点全团操场集合举行庆祝大会，升国旗唱国歌。随后颁发“修筑成渝铁路纪念章”，发放冬季棉衣。这两项活动都极具仪式感，纪念章当场佩戴胸前，棉衣各人抱着回宿舍。我和“老后勤”不能参加，一大早坐头班汽划子上重庆，执行一项特别任务——采购金星笔。纪念章和冬服，只能委托我工地上的“班长”——政委的警卫员小李代领。

头天晚上，白团长把“老后勤”和我喊到政委那里商量事情。团长特别高兴，一改以往言语不多的严肃表情，用陕北人特有的鼻腔共鸣音侃侃而谈：“由于小平同志亲切关怀亲自批示，给予筑路部队生活补贴。战士们的生活有了很大的改善。而我们的‘老后勤’更是功不可没，巴不得把一分钱掰成两半用，亲自去乡场上买肥猪抬回来自己杀，两个连队搭伙杀一头。自己杀猪不仅比肉案上买的肉便宜得多，连下水都利用上了。还直接去农民菜地里买菜，打老远背回来。用句陕北话形容，这下可省了‘老鼻子’钱喽，因此节省下一笔不小的伙食余款。我和政委商量过，这钱不能分，绝对不能分！”团长说到这里戛然而止，朝政委笑笑。

政委接过话茬：“这件事看起来是件鸡毛蒜皮的小事。不就是‘伙食尾子’嘛，照常规分了就行了，井冈山时代连队就有分‘伙食尾子’的传统。那时候连队还专门成立了‘士兵委员会’，对伙食开支进行监督。节余下的‘伙食尾子’按人头平分。当然，钱数微乎其微。这个传统沿袭至今。可现在的这笔伙食余款，和以往的‘伙食尾子’有本质区别，是小平同志亲自关怀、亲笔批示才得来的，加上全体后勤人员齐心协力，才有了这么多的结余。部队参加修建成渝铁路，是千载难逢的盛事。这样的事或许今后不会再有，就这么把钱分了岂不可惜。所以团长和我考虑再三，决定买件有意义的纪念品，给每位参加修筑成渝铁路的同志留个永久纪念……”

我正在等待政委说下文，到底买什么样的纪念品。他又戛然而止，回过头来看我：“孙参谋你说买什么好？”我毫无思想准备，这一问还真把我问住了，一时语塞。

但作为参谋，对领导的询问，必须回答。所以有人笑说参谋就是川牌里的“听用”。我得当好这个“听用”。在抬眼的瞬间，我看见政委桌子上摆着一支拧开笔帽的钢笔，是老牌子关勒铭。于是，我灵机一动，计上心头，脱口而出：“买钢笔——买金星钢笔。现在金星钢笔非常时髦。听说有文化的人订婚结婚，都是互赠金星钢笔。讲究的还专门在笔杆上刻上‘百年好合’几个字。”没想到我的话音刚落，团长政委异口同声说：“好！孙参谋的主意好，就买钢笔。”

团长说：“全团在册人数 1700 人，多买 50 支。总队首长来检查工作，顺便送上一支，也拿得出手。江津小地方难买齐，你们两个明天上重庆。孙参谋负责采购，‘老后勤’负责保管钱财，负责把 1000 多支钢笔拿回来。”政委接着嘱咐我们，在外边遇到什么问题两个人商量着办，不必请示。

从政委房间走出来，“老后勤”悄声对我说：“明天我带上 20 响驳壳枪，你把小左轮别在腰杆上，子弹上膛。携带钱钞的事不用你操心，我自有主张。”

十一大清早，“老后勤”和我准时来到轮船码头。只见他肩上扛个鼓鼓囊囊的面口袋，里面装的全是钱。手上还拿了两根竹扁担和空口袋，一看就是连队的司务长出门采购东西。

重庆我熟。在朝天门下了船，从码头直奔解放碑一家最大的文具商店。店门刚开，柜台上空无一人。我喊了一声，一个小伙计才一边打着哈欠，一边不耐烦地问我买啥子。我指着玻璃柜里的金星钢笔，用手指轻轻点了点说就买这个。小伙计把我们上下打量一番，他不相信一老一少两个解放军居然要买金星钢笔，满脸写满了疑惑，随即说了句“很贵的”。等到我提高嗓门告诉他，不但要买而且有多少买多少时，他才吓了一大跳，扭过头神色慌张地朝店后面飞跑，边跑边喃喃地说:“遇上了大买主，我去喊经理，我去喊经理……”

经理出来笑脸相迎，忙说刚才是徒弟娃儿不懂事，多有得罪。他问我们买多少支，我不动声色地告诉他说买 1750 支。怕他没听明白，同时打手势比画着，并要求每支钢笔都要刻字。他听了也被吓一跳。“老后勤”拍着鼓鼓囊囊的口袋告诉他钱就装在这里头。经理连忙啄脑壳说相信。但他皱着眉头又说小店没有那么多货。“老后勤”有些不耐烦了，说活人还能让尿憋死不成，赶快找别的商店调拨呀。经理这才如梦初醒，说刚才高兴昏了，脑壳有点蒙，一时转不过弯。

经理通过联系门市部和仓库，很快把钢笔凑齐了。难就难在刻字上，整个重庆市总共只有五台刻字机，都是前些年从上海进来的。分散在两路口、沙坪坝、南岸几家文具商店里，还有一台远在北碚。附近的几家很快坐黄包车送来，北碚离得太远，那边答应了骑马抄小路送过来，晌午前必能赶到。

钢笔上刻的字不能多，多了看不清晰；又不能太少，少了说明不了问题。我心里几番斟酌，决定刻上“修筑成渝铁路纪念”几个字。这几个字稍大一点，旁边一行小字“军工第一总队直属二团”略低一点。钢笔上刻字不仅考操作人员的手艺，也考写字人的功夫。譬如繁体的“鐵”字笔画多，不能写得拖泥带水，否则刻在钢笔上，就成了眉毛胡子分不清。跟经理商量后，我拿了一支小号金星笔，凝神静气写出第一张。经理觉得行，说就照这个刻。话音刚落，就听得一个响亮女声：“我来刻。”抬头一看，一位女士抱着刻字机骑马赶到。经理高兴地说让她来刻，她的手艺是一流，刻得又快又好，在北碚地区享有盛誉。

刻字机不知是谁发明的，真的很科学，让我大开眼界。刻字人员右手操作机器上的针头，在我写的字样上轻轻游动，卡在机器另一头的针头，就在笔杆上刻出一模一样的字来。真是神了！

取出刻好的钢笔，把金粉往上一抹，大家不约而同竖起大拇指夸奖。我反复看了几遍，我写的字被刻得活灵活现，心里颇为得意。俗话说，好马配好鞍。金星钢笔是好马，我的字是好鞍。当然这话只能搁在心里，否则会有人说你“翘尾巴”。“翘尾巴”是当时用来挖苦文化人的流行语。

接着又依葫芦画瓢写了相同的四张。五台刻字机同时开动，嗞嗞作响，如轻音乐一般美妙。想不到在这车水马龙的闹市，居然能享受到这份难得的静谧。

到了中午吃饭时间，经理从外面喊客饭，邀我们和刻字人员共进午餐。我们不能随便吃老百姓的东西，就婉言谢之。说实在的，天不亮开的早饭，两个馒头一碗稀饭，早已化为乌有。由于身边带有满口袋钱钞，背着它去吃饭太打眼。彷徨之际在店堂里来回踱步，站在店门口抬头往斜对门一看，居然发现一家“丘二馆子”。我忙把“老后勤”拉过来告诉他，那是一家重庆出名的小饭馆。让他先去吃刀削面，我守着口袋，他吃完回来换我。

“丘二”，在重庆话是指下力人、帮工。这馆子就是专为下力人开的，故取名“丘二”。店门口一位师傅头裹白帕顶一坨揉好的白面，两把刀在头顶上飞舞，雪片样的削面就飞入锅里，杂耍一般好看。

钢笔刻字的速度超过预期。“老后勤”向经理交完钢笔购款后，就拿起刻好的钢笔在手中仔细把玩。嘴里喃喃说道：“这笔多金贵啊。一般人舍不得买，我更舍不得用，我要把它寄回老家给儿子用。他念高中了，希望他拿上这支笔去上大学，骄傲地对同学说，这是我爸修成渝铁路得的奖品。我老脸上有光啊。”我忙说相信这一天很快会到来。他点点头，向我狡黠一笑。

刻好的钢笔 10 支装一盒，再一盒一盒捆好。1700 支笔分装进 4 个口袋。经理主动提出让学徒娃儿送我们一程。于是，“老后勤”和小伙计各挑两口袋，我提着捆扎好的 50 支大号金笔，三个人往朝天门码头疾走。等到双脚跨上了最后一班轮船，两颗悬着的心才算一下落地，坐了下来直喘粗气。

我俩各守护一副担子，生怕被旁边挑抬的棍棍棒棒撞着。轮船逆水而行，像匹老马蹬上坡有气无力。想着家里人正在翘首以盼，我的心里有些着急。正当我口渴得嗓子冒烟之际，“老后勤”不紧不慢从挎包里摸出三个通红的柑橘，说是在从饭馆回来的路上，花两分钱买来的。他将一个半柑橘塞进我手中。这可真是雪中送炭，酸甜的柑橘入口化渣生津解渴。

天快黑时，轮船终于停靠中渡街码头。后勤一帮人蜂拥而上，4 个口袋眨眼间被抢走，什么都没有抢到的只好空扛一根竹扁担。我的“班长”也来了，他说:“现在我不是你的班长，是政委的警卫员。政委派我通知你们两个，洗个脸就上厨房吃包子。包子是专门为你们两个做的，在蒸笼里温着哩。”刚爬上石梯坎，通信班长又匆匆赶到，传达团长命令，已通知各连派人来领取钢笔。今天是“十一”国庆节，金星钢笔连夜发到每个战士手上，更有纪念意义。

我和“老后勤”去厨房，拿上两个包子就走。炊事班长说一人三个，这是团长的命令，必须完成。我们两个早已饥肠辘辘，抓起包子大咬一口。忽听门外有人喊“老后勤”，他嘴里含着包子，含糊不清地答应:“来——了！”炊事班长急忙撵上去，塞给他两个热包子。

这夜，我用金星钢笔写了一封家书。

送战友上战场

我永远记住这一天。1950 年 11 月 20 日。

作为参谋，养成一种职业习惯，不能早睡必须早起。早起后第一件事，把昨天经手的事在脑子里过一遍，想想有什么遗漏和缺失，如有缺失想法弥补。然后，看领导今天有什么指示，分轻重缓急一一安排落实。

天刚蒙蒙亮，就看到团长和政委两人同时跨上马，紧握缰绳神色凝重，双脚在马肚上一夹，战马呼啸着向德感坝总队司令部方向飞驰，马蹄在石板上擦出火星。有情况！这是我作为军人的第一反应。

这时，电报员王质彬也起来了。我把刚才所见告诉了他，他也说肯定有情况。我们相视无语，沉默了几秒钟。他突然冒出一句，部队今晚可能有行动。其实这个我早猜到了，只是作为参谋不敢随便说出。听他说出，倒佩服他“一叶知秋”的敏锐。王质彬是西南军区小龙坎通信学校毕业的，学的是无线电收发报专业，比我小半岁。团机关人员里，只有他和我两个是从学校出来的，经历相似、年龄相近、趣味相投。所以，一有空两个人就钻拢一堆摆龙门阵。

自从朝鲜半岛发生战事，隐约感到郭政委多了几分忧虑，也显得更为忙碌，每天夜里，他房间里的那盏灯总是最后熄灭。团长曾告诉我：“政委想让我把你借一半给他，我答应了只借一半。政委那边如果有事喊你，你要尽力去办。他跟随贺龙司令员多年，身上有许多地方值得你好好学习。”

郭政委派我回军区领取朝鲜作战形势图，每个连队挂一张，还亲自下连队对照地图讲解战场形势。我在饭堂的墙上也挂了一张，王质彬饭后常站在地图前凝神观看，不时还比比画画。一准是把收音机里听到的前线消息，在地图上对照印证。他说：“如果部队号召申请入朝作战，我第一个报名。战场上肯定急需我这样的熟手，况且我还学过使用数字密码呼叫，这是极简便精确传递信息的快捷方式。假如在对讲机向对方呼喊，我是331高地，请求火力支援。自己人听见了，敌人也听见了。岂不等于暴露了自己。所以只能用密码喊话，而且对方战友一听数字就能明白。这必须经受严格的专业训练，绝不容许有丝毫失误。”听他这么一说，我觉得他应该早点上前线，把好钢用在刀口上。

王质彬的电台设在阁楼上，夏天热得像蒸笼，便经常下来和我们一起在街沿上歇凉。我们的“班长”小李说只剩三根楠竹扁担了，加根木扁担镶在边上你将就点睡。他说我个子小人又瘦，摔不下去。

入夜，凉风吃力地从江边迤逦而上，穿过狭窄街巷，来到我们街沿坎衰减掉许多，等吹到我们身上时已经是微乎其微。正是这极为难得的一缕凉风，让平素言语不多的王质彬，打开了话匣子。他是自贡市自流井人。此刻他睡在软硬不一的扁担上仰望星空，天真得像个孩子，还低声朗诵“天阶夜色凉如水，卧看牵牛织女星”。小时候在老家自流井，夜晚最大的乐趣就是睡在凉栈上，看天上的星星，寻找牛郎织女星座，为它们相隔遥远大为惋惜。

“凉栈”是自贡人乘凉独有的家什，出了自贡地界恐怕没人知道。它由厚薄均匀、长短一样、打磨得光滑的楠竹片穿上麻绳组合而成。时间用久了，汗水浸进竹片，变得油光水亮，光着身往上一躺，连声惊呼“好安逸！”不用时把它收卷起来立在墙角，一点都不占地方，不像硬凉板那么笨重，屋子窄了还找不到地方放。所以在自贡，凉栈是家家户户的必备品。

他的话匣子不轻易打开，打开了也不肯轻易关上。用特有的卷舌音如数家珍，夸自己的家乡。有时只有我一个听众，他也说得津津有味。自贡是一块神奇的土地，地下蕴藏着大量盐卤，取之不尽、用之不竭。都说柴米油盐酱醋茶，是中国人开门的七件事，人不可一日无盐。那么自贡的盐卤是怎样变成白花花的食盐的呢？我敢说外面好多人不得而知。它是千百年来勤劳人民智慧的结晶。

从他口中得知，盐卤从地层深处汲取上来之后，通过笕管先储存在大楻桶里。大楻桶就是一个中转站，再通过笕管让白花花的卤水爬坡上坎，运到井灶熬盐的锅里，可谓是全程自动化。“自流井”也因之得名。还有天然气，划根火柴就能点燃，也靠楠竹引流。自贡不产楠竹，楠竹产在几百里之外的江安长宁。但是最懂得楠竹的当数自贡人，把它的优势发挥到极致。每每说到这里，他就会抒发一腔深情：“等铁路修通了，我请假回家探亲。邀请你上自流井玩几天。家里有父母兄妹四人，父亲是个烧盐匠，有时拿点锅巴盐回来。你去了招待你吃火边子牛肉。它是自贡一绝，用牛屎粑烤的，香得很。”

我不晓得自贡在哪方，找不到路呀！他接着说：“这好办，等我回到家，马上给你发电报。你坐火车到内江不要出站，我到站台上去接你。”我说好，一言为定。

他的这番战友深情我牢记在心，不敢苟忘。有时心里突发异想，世上真有自流井这样神奇的地方？果真有，不去看看，岂不辜负一生。

此刻，我和王质彬伫立在凛冽寒风中的街沿坎上，踮起脚向通往总队司令部的那条路路口张望，盼望团长政委骑马归来。

焦急等待是一种煎熬。

好像真的就要各奔东西去上战场，依依惜别之情，写在王质彬的眉宇间：“我们此去或许不在一起。你和我学的专业不同。我多半背着报话机跟随战友在前线冲锋。你学的是作战参谋，多半跟随首长蹲在坑道里，对着作战地图比比画画。如果我们活着回来，一定要履行之前的约定，去我的家自流井啊。我带你到井灶上慢走细看，去大坟堡看神奇的天车。”什么样的车能开到天上？我疑惑地发问。他摆摆手告诉我，天车是汲卤水的动力，它像一片森林，到时看了你就会明白。我向他深情允诺，打完了仗自贡再见。

就在这时听见了战马的嘶鸣，团长政委回来了。我转过身看房东柜台上的自鸣钟，上午 10 点 45 分。团长跳下马急匆匆对我说：“部队今晚有行动。你不参加。快去政委那里领新任务。”我跑步去见政委，他开门见山：“部队今夜赴朝鲜战场，坐轮船直抵武汉，然后乘火车北上。全团只有两个人留下——你和我。我去张家口通信工程学院干老本行当政委。你去新组建的西南筑路工程总队，也干老本行当参谋。总队是师级单位编制，其他干部由军区配备。”

政委接着说：“部队突然间归建，工程不能停。上级早有安排，重庆市组织了民工队伍来接替部队，需要一个熟悉情况的人留下来衔接，总队首长要大家推荐合适人选，我和团长推荐了你。经过再三权衡，最后决定你留下。这是你的调令。”接过调令那一刻，我浑身热血沸腾，顿有临危受命的感动。

部队离开前须挨家挨户走访。借的东西未还的要还，损坏的要照价赔偿。这是部队的老传统，事关部队声誉马虎不得。此刻部队上下正一片忙碌，我自告奋勇向团长请命担当此任，团长一口就答应了。时至中午，团长让“老后勤”给我送来两个热馒头，馒头里还夹了几片卤肉，一看就猜到是吕半坡出的鬼主意，他家卖过肉夹馍。“老后勤”还拿来一叠现金，让我遇到有损坏家什的好照价赔偿。我走访了将近一半的房东，都说咱们队伍是文明之师，秋毫无犯，更不用说有家什损坏。“老后勤”在家念过几年私塾，把“文明之师，秋毫无犯”放在嘴里念了两遍，还摇头晃脑。临走还说团长心里舍不得你，我们也舍不得和你分开。他一步步走远了，却还在回头望我。

一家房东的小缸钵被战友送病号饭端走了，要我帮他找回来，赔钱他不要。低头沉思，突然就想起来了，前几天是有个战友患重感冒卧床不起，我顺藤摸瓜替他找回了缸钵。等我走访完最后一家房东，已是月上东山。部队已集结江边开始列队上船。此时的中渡街街面上空无一人，月下除了我一个人的身影和脚步声，再无一点响动。这种出奇的静谧，直让人毛骨悚然。突然想起还没和王质彬告别，得想法和他见上一面。

今夜是阴历十月十六日，月亮又圆又大又亮。我快步来到江边，看见轮船特别大，停在深水区，靠长长的跳板才能走上去。芦花在瑟瑟秋风里摇曳，它似乎也懂得人世间的离别之苦。匆匆忙忙在列队登船的队伍边走了几个来回，始终不见王质彬人影。喜出望外的是，我看见“老后勤”背着一个大口袋上船。问他王质彬在哪里，他说王质彬早就背上他的宝贝疙瘩，去船上寻找最佳位置，行军路上好及时收发电报。我托“老后勤”务必找到他，告诉他我在江边等着，让他出来见上一面。

我站在大石头上，拨开高过人头的芦花，踮起脚往船里看。往日只是面熟喊不出名字的战友，此刻都成了最亲近的人，一个个向我热情挥手。月光照在他们脸上，能看到眼里闪动着晶莹的泪光。心中忽然冒出一句古诗：风萧萧兮易水寒……急忙打住，奋力扼住下一句，不准它冒出来。

就在这一刻，从船舱里传来喊我的声音。声音虽然细弱，江风还是把它送到了我耳朵里。哦，这是我最爱听的卷舌音，一颗悬着的心落地了。此时，四周寂静无声，连入舱的战马也知趣不再嘶鸣。舱里传来“对不起，请让一下”的恳切声音由远而近。终于看见了他，王质彬额头上冒着热汗，气喘吁吁挤出来。我急忙从大石头上跳下来迎上去。只见他手里捏着一张纸片。纸片交到我手上时，已被手心里的热汗浸湿：

“这是我家的地址，如果你日后有机会，替我去趟自流井，替我看看父母弟妹。”我紧紧握住他的手，凝重地点头答应：“一定，一定！”这时，他的两滴热泪重重落在我的手背上。

元旦刚过，我回军区司令部办事，专门去拜访原先分管我们的首长，问他部队在前线打得怎样。他神情凝重地说战斗非常激烈，非常残酷。不少同志牺牲了！我不敢说出王质彬的名字。只在心里默默为战友们祈祷，为王质彬祈祷。

人生犹如旋转的舞台，上一场谢幕后，不知道下一场扮演什么角色。我就是个不断转换角色的人。在外漂泊多年，20世纪60年代中期来到自流井安下家后，妻子陪我去寻找王质彬的家人。邻居说早就搬走了，不知搬到哪里去了。自流井地方不大，后来居然再没有碰见过。无法打听到王质彬的家人，我和妻子只得怅然离去。想想也罢，倘若真遇见了他的亲人，我怎么告诉他们王质彬的下落？如果他还活在世上，相信他会主动来找我。因为他是干通信的，这方面比我在行。

王质彬当年手写的那张纸条，由于年月久远已变得古旧而脆弱，纸张发黄，字迹也依稀难辨，可我依然珍藏着它。人老了喜欢回忆往事，常常梦里回到中渡街，梦里见到王质彬，和他躺在毛竹扁担上。或许这是人间真情的一缕绝唱。

7. 铺轨进行曲

成渝铁路开始铺轨了！铺轨了！山城人民喜形于色，奔走相告。

不少人以为成渝铁路的第一根钢，是从重庆菜园坝起点站往外铺的。其实不然。

第一根钢轨是1950年9月1日上午，从大渡口车站往九龙坡方向铺的。为什么从大渡口车站开始铺轨？原因有两个：一是钢轨出自大渡口101兵工厂，必须从这里铺起；二是亟须把铁路铺到九龙坡江边，才好建造铁路港口码头。贺龙司令员派登陆艇，从武汉运来的火车头、车厢和随行的司乘人员，等待着从这里登陆。十万火急！

幸好菜园坝至大渡口一段铁路路基已初具雏形。从菜园坝车站往九龙坡方向走，过了黄沙溪前面有座篼子背隧道，解放前修的。隧道石质坚硬天然拱顶，没有用混凝土灌筑。出了隧道迤逦于山坡下的漫长路基，多年来已被蚕食成了“自留地”。重庆人勤快，见不得荒芜的路基杂草丛生，便把它开成熟土浇水施肥，种胡豆豌豆栽瓜果蔬菜。

担任这段施工的炮兵师长是位老红军，一时间为如何处理好这片“自留地”发愁。他先是派人在沿线张贴安民告示，限三日内把所种蔬菜自行处理，否则作为无主东西铲除。又担心布告没人看，等到你一动铲子却有人来找你扯筋，用句四川话来形容，找你说“聊斋”。虽说部队在理，但终归影响不好。这时有人想出个绝妙主意，请当地一位出名的打更匠，曾在川剧团当过“吼班”(后台帮腔)的人来鸣锣通告。打更匠果然不负众望，当——当——当——连敲三响，扯起嗓子吆喝:“铁路铺轨翻沟过坎，路基上的蔬菜个人去砍，免得铺轨挖个稀巴五烂，吃不得来卖不到钱。”每走几百步敲几下吼几声。这一招真灵，果然三天后每块菜地都收拾得干干净净，没留一根杂草，不见一坨乱石。战友们深为感动，精神抖擞地抬石头、挑泥巴，填平补缺。喊着号子打夯，把路基连夯五遍，夯成了一马平川，只等枕木钢轨来锦上添花。

部队从战争中走来。修铁路开山放炮虽说有些陌生，但毕竟和战场上挖战壕、炸碉堡有相通之处，都是眼见功夫。战友当中好些人没有坐过火车，更不知钢轨为何物。此刻听说马上要铺轨，都兴奋不已，最大的愿望就是能为铺轨作点贡献，哪怕当个下手也光荣。将来老了回忆这段往事时，也好捋着胡子对儿孙们说，修成渝铁路那阵，我们好多人抬一根钢轨喊着号子。那阵仗可威风、可威风!

振奋人心的消息接踵而来。先听说组建铺轨大队，团级编制。接着又听说大队长的人选落在我们团里，更为令人兴奋的是，还要从我们团抽调50名战友去铺轨大队。这下可让大家激动万分夜不成寐，许多人盼望自己是50人中的一员。命令下来了，任命二营营长张济舟担任铺轨大队长。大家打心眼里佩服，都晓得这人有两把刷子。

张济舟外号“络耳胡”，又称美男子。铺轨大队长的重任之所以落在他肩上，与他在战场上一段传奇经历有关。那年在淮海战场上他是团里的司号长，排级干部。负责培训各连司号员吹练各种号谱，有的号谱难度很高、保密性强。他记性好，每个号谱都烂熟于心。众所周知，这场大战进行得异常激烈。一个村庄久攻不下，他向首长献计，把全团几十名司号员集中起来，半夜时分趁敌人睡得懵懂时刻，从村庄四周围一齐吹冲锋号，配以震天呐喊。果然不费一枪一弹，惊慌失措的守敌全部缴械投降。他因此荣立特等功晋升连长，不久就升为营长。不久前我问他怎么想到这个鬼主意？他说在家时喜欢看《三国演义》，什么草船借箭、借东风、空城计……都能倒背如流，此番献计乃活学活用。

张济舟率领50名战友去铺轨大队那天上午，举行了一个别开生面的告别仪式。他首先向前来送别的团长政委敬礼，向战友们敬礼。然后举起昨晚从宣传队借来的军乐号，昂首挺胸吹奏《解放军进行曲》:“向前向前向前，我们的队伍向太阳……”当吹奏到“同志们整齐步伐，奔向解放的战场”时，热泪夺眶而出。这是他留给全团战友的最后一份深情。

和他握别时，他挎包里露出《三国演义》“桃园三结义”封面，我心里暗自发笑。这本略有磨损的老书，连同腰间亮晃晃的手枪，成了他的随身武器。

送走张营长，团长把我叫去。微笑着说：“总队首长点了你的将，派你去完成一项新任务，以总队参谋身份协调铺轨的有关事宜。你要去大渡口 101 兵工厂，去九龙坡铁路港口码头……牵涉面很广，你要学会思考多动脑筋。这是一次锻炼的好机会，有什么事直接向总队参谋长报告。明天一早回军区去开介绍信。”

军区介绍信上写着：兹派我军工筑路第一总队参谋孙贻荪同志前来你单位联系有关事项。请大力协助。此致。大渡口 101 兵工厂、九龙坡港口码头、重庆铁路管理分局。当我把盖着军区司令部关防大印的介绍信揣在衣兜时，一种神圣的使命感在心中油然而生。开介绍信的这位老哥心细，说如果还有要去的单位你自己就添上，预留了空白。还叮嘱我把“解放大西南纪念章”“军大纪念章”佩戴在胸前，说这对我开展工作有帮助。他还告诉我重庆管理分局虽说刚刚成立，但他们对铺轨工作从源头抓起，派有一位专人蹲在 101 厂。让我不妨先去重庆铁路管理分局摸摸情况。我照计而行。

重庆铁路管理分局设在两路口。两路口一带我熟，挨家挨户都是商店。怎么把铁路分局设在商业区呢？心里感到有些蹊跷。来到车水马龙的两路口，果然看见在一家生煎包子铺隔壁的门柱上，挂着一块白底黑字的吊牌。吊牌上方刻着

“西南铁路工程局”两排小字，下面是“重庆铁路管理分局”八个仿宋大字。这样的吊牌是重庆解放后才出现的。第一次看见它是在七星冈，岗哨威严的大门前挂着“中国人民解放军重庆市军事管制委员会”，不久便在下半城看见“重庆市人民政府”吊牌。眼前这块吊牌牌面要小些，可能不同等级单位挂多大尺寸的吊牌有明确规定。这可能是重庆市的第三块吊牌，赫然出现在商店门口，引来不少人驻足观看，还有人一字一字念出声来。

我叩门进去，一间大办公室显得空旷，摆了几张办公桌却无人在座，只有一位戴着玳瑁眼镜的长者正在埋头办公。玳瑁眼镜在当时是身份的象征。我向他敬了个军礼，呈上军区介绍信。他礼貌地让我坐下，递上一杯热茶。一番交谈后，才知道他是陈瑄副局长，一位饱学之士，长者之风平易近人。他放下手头工作与我这个晚生后辈亲切交谈。说让你见笑了，铁路管理分局仓促成立，暂且在这里租房子安身。之所以选择在街上，是想用这种方式告诉过路市民，从现在起，这座城市不仅有铁路，还有管理铁路的专门机构。市政府正在协调有关单位腾房子，就在这附近。恐怕还要等段时间才能搬过去办公。

陈局长切入主题，说起当前铺轨的关键不在路基，重庆至大渡口这段路基部队修得非常用心，一马平川，关键是钢轨。轧钢机是抗战时期从武汉运来的旧设备，年久失修了。钢锭是从鞍山运来的，101 厂原来是兵工厂没有轧过钢轨，要他们在短时间内轧出合格的钢轨难度极大。好在全厂上下同心协力，已经试轧成功，现在正式投产。为了保证钢轨的质量，铁道部特地从上海交大抽调一名即将毕业的女硕士研究生来到这里，由她负责掌握钢轨生产的进度和质量。我可以去大渡口 101 厂找她，此人姓王，是位上海姑娘。

我去到 101 厂，才知道这位上海姑娘有个响亮的称呼叫驻厂代表，是个大忙人。我到车间问师傅们看见“驻厂代表”没有，回答说刚才还在这里，可以去吊车那边问问。我到了吊车那边，看见好多人却认不得哪位是驻厂代表。有人就给我出主意，说人堆里有个头戴大檐帽的就是她。终于看见了，她头戴大檐帽，身着深蓝色铁路制服，胸前五枚铜扣闪闪发光。

她在领我去轧钢车间的路上说，试轧钢轨的曲折艰辛程度，局外人恐怕难以想象。轧钢的动力是一百年前的老式蒸汽机，张之洞花银子从英国买回来的，一直闲置在武汉。抗战期间，爱国志士将它运来重庆，一直撂在荒草丛中。先是用油布遮盖，后来好歹为它修了间简易房子。幸好有房子为它遮风挡雨，如今返老还童，派上了大用场，可以为成渝铁路效力。她滔滔不绝地告诉我说：“我学的是材料力学，能派到这里来是一生的荣幸。‘质量就是生命’对我来说不只是口号，而是钢轨的特殊‘胎记’。钢轨不能有一点问题，就像人眼睛里不能揉进沙子一样。所以每根钢轨必须用仪器认真检测。任何一根钢轨有一丁点瑕疵，都必须回炉重轧，为此我有时和厂方争得面红耳赤。凡是经我验收合格的钢轨，都打上了我自己的特殊记号。一个‘火印’烙在钢轨固定部位，他人无法模仿。我知道厂里背后有人说我是女‘包黑子’。我不但不生气，心里还有点自豪，这是大家给我的最高荣誉！”

厂里的工人师傅都富有主人公的责任感，“一切为了成渝铁路”不仅是口号，更是行动。他们废寝忘食不计报酬，最高纪录一天轧38公斤标准轨136根，合格率也大大提升。我把今天的所见所闻记在小本子上，回去好向总队首长汇报。这里附带说一句，不久前有人以当年101厂老职工的名义回忆说，他们那时“轧的钢轨长短不一、质量不佳”，那是不实之词。

张济舟走马上任来到铺轨大队，欢迎的掌声尚未散去，一座飞来的大山便横亘在他面前。如何把刚出炉尚有余温的钢轨，从车间运送到路基边上？这是当务之急，必须尽快拿出对策。生产钢轨的工厂在半山腰，公路早已年久失修，从江边运送钢锭上山的那几辆老掉牙的卡车，半路上说抛锚就抛锚，不得不前面用钢丝绳拉，后面用人推。哪能指望它运送钢轨？这段山路一路下坡，坡陡弯急，人力抬运难以合脚步，只能用两个轱辘的平板车来拉。四川人亲昵地称这种车为架架车。架架车的优点是轻便灵活，善于爬坡下坎。前面一人拉中杠，两边是“飞蛾”。飞蛾一个人或两个人，视装载的重量而定。

铺轨大队里大多是来自北方的解放军战士，少数是老路来支援的技术骨干。他们在老家习惯驾驭骡马大车，从没见过四川的人力架架车。心里多有疑虑，生怕把车弄翻了闹出人命来。为了安全运送钢轨，张络耳胡就地开展大练兵，拜当地架架车“老把式”为师。钢轨长 12.5 米，架架车身长不够，就两辆架架车一前一后抬着钢轨行驶，但风险也随之增大。大队长身先士卒地在前头拉“中杠”，第二辆车的“中杠”和两边的“飞蛾”由大家轮流担当。他们顶着烈日，在大下坡急转弯的地方反复操练。络耳胡不仅学会了低头拉车，更学会了抬头看路。他在前面边拉边喊“天上明晃晃”，两边“飞蛾”随声答应“地下水凼凼”；他又喊“前面一大摊呐”，飞蛾又立即应声“牛尿还没干啦”。仅仅几日，他们拉车的技艺就突飞猛进。喊着号子一路奔跑，身轻如燕。歇气时他要我转告请团长放心，他带出来的兵个个都是好样的，没哪个拉稀摆带。铺轨大队决不给老部队丢脸。

铺轨势如破竹，很快就铺到了九龙坡车站，等待着即将远道而来的火车头。紧接着，铺轨大队就马不停蹄向九龙坡港口码头进发。

我来到九龙坡铁路港口码头。这里的一切都在井井有条快速推进，一颗悬着的心落地了。九龙坡码头不同于南京下关轮渡码头。下关车站的车辆，沿着平坦的轨道直接就开上了轮渡。这里却大不一样。运来火车头和车厢的登陆艇停在江面上，而著名山城重庆的铁路修在山坡上。从码头到山坡上的铁路高差很大。火车头必须依靠一段特殊的轨道，借助外部动力才能从江边爬上坎去。为它量身定制的缆车，就是集体智慧的结晶。两年后建成的菜园坝火车站上两路口的缆车，就是从这里得到的启发，因此有人夸重庆人聪明，懂得他山之石可以攻玉。

登陆艇运来火车车厢

火车头从港口码头爬登铁路的那天，重庆市万人空巷。人们密密麻麻地站在码头两边观看远方贵客莅临山城。他们当中很多人都没有出过川，没有坐过火车，更没有见过火车头。今日看见如此庞然大物，从脚下江边昂首登高，乐得心花怒放，欢声如潮。有的老人眼睛湿润了，捋着胡子感叹，四川终于有了铁路。可以告慰当年辛亥之秋为保路而英勇牺牲的先烈喽！

把钢轨铺到重庆菜园坝车站，向新中国成立一周年献礼！是铺轨大队的誓言，也是军工筑路总队给重庆市民的承诺。不料篼子背隧道成了拦路虎。隧道在弯道上，洞子里黑黝黝的，铺轨时难以保证每锤下去都砸准在道钉上。一向喜笑颜开的络耳胡，一下就愁眉苦脸耷拉起脑袋来。我知道他的心事却不说破。叫他今晚跟着我去趟两路口，保证他回来后一觉睡得不晓得醒。

“当真？那你能不能先跟我透露一点消息。”络耳胡急切地问，我却卖个关子，眨眨眼说天机不可泄漏。

晚上他随我来到两路口。街边集聚着卖汤圆的、卖凉粉凉面的、卖冷饮凉茶的夜摊……叫卖声一个比一个动听。每个摊位上都亮着一盏嗤嗤作响的灯。他无心看小吃，目光一下落在了灯上，好奇地问这是什么灯？

“电石灯！”我领着他仔细察看。电石灯像把小水壶，一块块小石子道砟那般大小装在壶里，壶嘴细长。划根火柴往壶嘴上一挨，嘴里立刻喷出明亮的火焰，风吹不灭雨淋不熄。“啊，原来你领我来就是为了看这个。电石灯，太好了！这可真是雪中送炭啊。”络耳胡高兴得跳了起来，拉着我快步寻找卖电石灯的小商店。

在摊主的指引下，很快找到了卖电石灯的老板。我们向他说明来意，想租几盏电石灯去做隧道里铺轨的照明。重庆人耿直，听说是篼子背隧道铺轨用，不仅分文不收，还派专人来负责协助照明，哪里需要光亮就把灯提到哪里，电石没有了就随时添加。络耳胡高兴得嘴里哼起小曲：“天空出彩霞呀，地上开红花……”当电石灯老板完成任务转身离去时，他拉住老板的手说莫忙，我们没有什么回报，给你们唱支歌吧。他连忙集合队伍高唱：“军队和老百姓，本是那一家人……”

当最后一根钢轨的最后一颗道钉落锤，战友们热烈欢呼，相互拥抱。这一刻，不远处吊脚楼上的市民，也把头伸出窗外，向我们不停地挥手，有的还送来飞吻。战友们热泪盈眶向他们挥手回礼。张络耳胡说，要是有部照相机把这个场面拍下来该有多好！

晚上我们惬意地躺在新铺设的站台上，一任江风吹拂，连日来的疲劳困顿随风散去。这时张络耳胡悄悄对我说，他老家有个未婚妻，说是父母“包办”的也未尝不可。我说你们那里是老区，早就提倡婚姻自主，哪来的包办。他笑着说打仗在外不能回家，是父母替他相的亲。姑娘明年医科大学毕业后，就来成渝铁路工地上结婚。到时请我一定去参加婚礼，喝他们的喜酒。

话音刚落，篼子背那边火车汽笛响了，由远而近，一声高过一声。络耳胡大喊一声轨道车来了！大家急忙列队欢迎。虽然是轨道车，车站却以客车礼遇相待，广播里播放出节奏明快的“迎宾曲”。络耳胡带头翩翩起舞，露出一脸滑稽相。

铺轨紧张有序进行

九龙坡工务总段庞段长从机车上跳下来，他身穿米色风衣，由于跑得快，风衣的下摆随风飘动。他直奔站台跟络耳胡和我握手，跟大家打招呼。自从铺轨以来，庞段长一直和我们一起摸爬滚打，从不摆架子，第一次见面自我介绍很幽默，他说他姓庞——庞统的庞，姓这个的人少。此刻他拉来 7 个低边平板车的道砟。道砟是他向重庆公路养护段借的。有借有还，明天就去猫儿峡开辟铁路采石场，为往永川方向铺轨做好道砟准备。

庞段长握着络耳胡和我的手说：“提前 3 天铺轨到菜园坝，铺轨大队立了头功。明天请大家到养路工区喝杯薄酒，请诸位一定赏光。只不过我不能奉陪，刚才说了要赶去猫儿峡。”

这个晚上，络耳胡熬夜谱写出一首《铺轨进行曲》。

第二天中午聚餐，当军民们高举酒杯时，铺轨大队长张络耳胡鼓起腮帮吹响了军号。

欢快的《铺轨进行曲》，奏出了我们心中最激昂的乐章。

·8.山城吹响集结号·

从江边送别战友回来，心情有些惆怅。就此一别，此生还能重逢吗？尤其是王质彬塞给我那张他家住址的纸条，托我有机会替他去看望父母。只要想起此事，心情就格外沉重。

天将黑，寒风瑟瑟。街灯似乎也深知离别之苦，显得有些昏暗。我只得打起精神回驻地。爬上半山坡一抬头，看见团长警卫员黄胜利坐在半明半暗的石坎上。他告诉我，团长在等着我。

我一口气跑到团长屋里。他的行装已经收拾好了，只是在等我。团长说郭政委要赶往张家口，因路程太远，等不到我了，喊我空了给他写信。团长接着说："你去的新单位是刚组建的，不是成建制的部队，人员来自各方。说不定你身上的担子要更重些，要带领着民工修铁路，可能会遇到许多意料不到的困难。你要有思想准备。这番话既是我的叮咛，也是郭政委的嘱咐。”

团长转过身捧了件军大衣给我：“我穿过的，八成新，留给你做个纪念。这半年在中渡街许许多多的事都值得怀念。”是啊，在我心中，中渡街是本仓促写成的书，还没有来得及细读，特别值得珍藏。

接过团长的军大衣，敬礼以谢，深感这份情谊的重量。时间不早了，我催他们早点上路。团长和黄胜利翻身上马，团长跨马的动作依然敏捷，老兵不老啊。两匹战马奔出街口渐渐远去。忽见团长勒马回头看我，月光下犹如一尊雕像。我的双眼湿润了。

这一夜万籁俱寂，只有秋虫伴我。这一夜思绪难平，梦中一会儿随风追逐大轮船，向远去的战友挥手；一会儿追上山间的马蹄声响，再送团长一程。

第二天早起，忽然想起中渡街的油炸糍粑块是出名的美食，过去一直没有时间品尝，即将离开了必须去尝一尝。糍粑块果然外酥里糯，于是我就着一碗热豆浆连吃了两块。今天要去20公里之外的黄家大院报到，得吃饱点。吃糍粑块的时候，老板递给我一张早班轮船送来的《重庆日报》。一则消息映入眼帘：“山城吹响集结号，民工即日奔赴筑路工地。”

看到这条消息我再也坐不住了，抹抹嘴起身出发。

我没有走公路。一来公路绕得远，更为重要的是左轮手枪昨天下午交回军械股，此刻手上连根铁棒也没有。周围环境不太安宁，一名军人独自行走在公路上未免打眼。我沿着铁路工地穿寂静山林往前赶路，这里人迹罕至比较隐蔽。这里曾是我们的战场，洒有我和战友的热汗和鲜血。此刻重走工地，历历往事涌上心头。

停工命令是昨天中午下达的，眼前的工地完全没有了往日的喧哗，已经空无一人。让我惊讶和敬佩的是，箩筐箢篼铁镐一律摆放整齐，有条不紊。它们在静静等待着新的主人。

独自一人在荒无人烟的旷野行走，必须使出侦察兵的看家本领，要把耳朵竖得高高的，眼睛睁得大大的。林间鸟鸣，侧耳倾听有无其他响动；山中犬吠，立足静观有无可疑人影。对一名军人来说，勇敢与坚强，不仅要表现在枪林弹雨的战场，也应表现在风声鹤唳的荒郊。这一回我为自己打个满分。不算自炫吧。

终于走出了令人毛骨悚然的深山，眼前豁然开朗。一束阳光从天空袭来，心情格外舒畅。迎面走来一位身背卡宾枪的军人，问我是不是孙参谋。当得到肯定的答复后，他自我介绍名叫黄世沛，是朱政委的警卫员。政委特地派他来接我。我问他为何走到这条小路上来找我，他骄傲地回答："朱政委料事如神，你独自一人没有随身武器，肯定不走大路走小路。"他接过我的背包，并说我这件大衣是团以上干部穿的，朱政委也有。我连忙解释是团长马上去朝鲜前线要换服装，送我做个纪念。我不好意思穿它，晚上搭在铺盖上热和。黄世沛健谈，说朱政委昨晚率领大队人马，从歌乐山连夜赶到黄家大院。他接着说自己是湖北恩施人，不喜欢人家说"天上九头鸟，地下湖北佬"，觉得那都是偏见，挖苦湖北人的。我记住了他这句话，提醒自己今后在他面前，千万不提什么湖北佬、九头鸟。

从他口中得知政委朱耀洲是山西介休人，一介书生，原先在家当过教书先生，“晓阴阳通八卦”。抗战期间投身革命，曾化装成阴阳先生打入城里，以替财主家看坟地风水做掩护，“用罗盘测出敌人的碉堡方位”。民兵武装根据方位挖地道装上炸药，把一座座碉堡炸得满天飞，鬼子在睡梦中就上了西天。经他这么一说，我不觉暗自庆幸，又遇上了一位好政委。

我们刚走出毛毛汗，黄世沛就指着前面的柑橘林说：“快拢了，过了这片林子就是黄家大院。”抬头一看，果然林中柑橘挂满枝头，阳光下闪闪发光，像一个个小灯笼。不由得想起小时在家过年，提着用橘子做成的小橘灯到处跑。黄家大院渐渐显现眼前，黄世沛扭头对我说：“朱政委下来接我们了，他一准是在窗台上看见了我们两个。你看，披大衣的就是他。”见到政委从坡坎上走下来，我急忙迎上去向他敬礼，心中顿时浮出载欣载奔回家的温馨。

进屋坐下，朱政委从桌上拿起一只橘子给我：“口渴了吧，吃一个。”一个小小的橘子，一句暖心的话语，一下子拉近了我们之间的距离。政委像位长者与久别重逢的晚辈促膝谈心：“上午得空，我走出大院去了附近几家农户走访。他们听说我们是来修路的都特别欢迎，说原先住在这里的队伍昨天刚走，今天你们就来了。是换防吗？他们把我当作熟人看待，随便拉起了家常。说今年橘子大丰收卖不出去，眼看要活鲜鲜地落在地上烂掉，心都焦疼了。我问他们怎么卖，回答说只好贱卖。不论斤两论树，一毛钱一棵树，给一毛钱一棵树上的柑橘全归你。我问为什么那么便宜，他们说有啥办法呢，没人来收啊。听了之后我心里有些沉重。这是老百姓无声的渴求。成渝铁路要加紧修啊。但是远水救不了近火，总不能眼睁睁看着树上的柑橘烂掉。我就带头买了两棵树，请大家来帮忙吃。部队上来的同志必须完成任务，一人买一棵。等地方上的同志到了，再和他们商量，能否买一点，但不能勉强，要出其自愿。这虽然只是杯水车薪，不过总算给群众一个盼头嘛。”听了朱政委这席话，我的心中颇有感触，铁路和人民群众的生活真是血肉相连。

政委还告诉了我一个振奋人心的好消息。在部队尚未归建之前，西南军政委员会的刘伯承、邓小平等领导同志未雨绸缪，及早提出“以工代赈”的方针，由重庆市组成一支筑路队伍，一旦部队撤离归建，及时顶上去，做到无缝对接。

具体事宜由重庆市劳动就业局实施。招收失业工人、失学学生和没有工作的市民，凡年龄在16周岁以上40周岁以下的市民，凭户籍证明均可报名。这一消息如同集结号响彻重庆市大街小巷，深入人心，响应者众。报名之踊跃，远远超过预期。

政委把凳子往前挪了挪，屋顶亮瓦上射出一束阳光，照在我们身上，身体一下子暖和起来。他褪去身上的大衣，和我谈起了工作。他说：“我们这个新组建的单位，是根据西南地区的特殊情况，根据成渝铁路的具体条件量身定制，也算是摸着石头过河。全称为‘西南铁路工程总队’，师级编制。受西南军区和西南军政委员会下设的工程委员会双重领导。

部队上来的同志由军区管理，供给待遇不变。地方上来的人员在重庆市关薪。民工以工代赈，每天的报酬折合成6斤大米，由西南铁路工程局发放。但问题来了，同在一口锅里吃饭的人，出现三种不同的待遇难免会各有想法。这个思想工作的艰巨任务，要由我亲自来完成。”

政委接着向我隆重介绍了即将到来的罗崇富总队长。说他正率领一个师的兵力在赤水河两岸剿匪，把流窜的土匪打得落花流水逃进了山里。他原先是刘邓大军的一员猛将，挺进大别山是先锋旅旅长。这回刘邓首长亲自点了将，任命他为西南铁路工程总队总队长。他接到命令后正马不停蹄往这里赶，估计还有几天就能到达。

政委说：“我们先期到达的同志人手不够，一人要身兼数职。你的工作本来就繁杂琐碎，到时候还要给你加点码。重庆市组织的民工队后天到达工地，明天你去铁路工务总段做好衔接工作，把重庆市先期到达的五个中队两千人，分布到各个工点。”我连忙点头说：“这一带工地我熟悉，请政委放心。”

第二天午后，重庆市劳动局民工大队长赵中桥率领五个中队到达，政委派我去迎接他们。赵中桥是土生土长的重庆人，算得上重庆的一部活词典。先前在朝天门一家银行从事管理工作，银行倒闭他随之失业。赵中桥为人耿直，有组织能力，劳动局看中了他，后来我有好多事也都依靠他。他向我介绍五个中队的人员构成：工人队，来自工厂的产业工人；职员队，大部分来自银行，少数来自商店；学生队，未升学的高中生；黄包车队，清一色拉黄包车的；游民队，一群流落街头的流浪汉。

赵中桥特别强调，前头三个中队比较单纯，听招呼。黄包车队和游民队情况有些特殊。黄包车队是重庆山高坡陡形成的一个特殊群体，游民队是解放前污泥浊水中的沉渣。

以前的重庆没有黄包车。重庆市分为上下城，坡高路险落差很大，没人敢在这里拉黄包车，纵然你敢拉也没人敢坐。代步工具只有滑竿。而滑竿靠两人硬抬费用昂贵，只有有钱的人才坐得起。后来下川东一群失去土地的贫苦人为了活命，大起胆子要来重庆拉黄包车维生，算得上是天不怕地不怕的人。他们夜间在陡坡上操练，拉车的坐车的都是自家人。不时被摔得鼻青脸肿、头破血流。然而，功夫不负苦心人，他们居然练出了陡坡地段脚不沾地的绝技。据说抗战期间不少来到重庆的文人雅士，都以坐一回这里的黄包车为乐。还为黄包车夫取了个雅号叫“脚下生风”之人。

解放后没人坐黄包车了。这群人集体失业。他们家族观念很强，一人受了欺侮众人立马围拢来，好喝酒爱打群架。但他们本质是善良的，不为非作歹。管理他们要顺着毛毛抹，多加疏导。

游民队的情况比较复杂。由于战乱连年，从北方逃难来重庆的不少。他们没有露宿街头，原因何在？重庆的公共厕所修得大，有间放叉头扫把的屋子，游民多聚集于公厕一隅。他们当中有小偷、瘾君子、扯谎坝卖狗皮膏药的……这类人收不收？领导发话说收。收下他们改造他们，就是为社会割去毒瘤，也应了那句经典名言：旧社会把人变成鬼，新社会把鬼变成人。把一个个鬼变成人，是件多么光荣的事啊。领导下命令，动员修路必须深入每一个公厕不留死角。对流浪汉的年龄可以略为放宽，前提必须是个好劳力。大溪沟厕所特别大，工作人员在此发现一个蓬头垢面的人蜷在地上，几个人仔细目测认真合计，最终摇头说算了，岁数偏大。谁知此人一听，“嚯”地一下从地上跳起来：“谁说岁数偏大，俺是没钱剃脑壳。等有了钱去剃，剃头匠又怕我有虱子，不肯剃，才弄成这副鬼样子。俺今年还没有满四十。”又一番审视，觉得年龄够格可身体瘦弱，还是决定放弃。这回他就急了，大声吼起来：“俺会修铁路。真的！俺去东北修过铁路，在日本人手底下。”

信你一回。劳动局的工作人员弄他去剃头。还好，身上没长虱子。他就是李荣贵，河南人。关于他的故事，后面还会讲到。

老赵说游民队可谓是无奇不有。扒手偷哥儿大家都遇到过，稍不留心钱包就不见了，防不胜防。他请“高手”李荣贵表演绝技给大家看。派克钢笔稳稳别在衣服前胸上，李荣贵像个纸糊的人，一阵风与你擦肩而过，肢体并无接触，可钢笔却不翼而飞。问他门道在哪里，苦笑着说讲不得呀，“家规”残酷，说了剁手指决不含糊。他再三申明，自己早已洗手不干，否则也不会沦落为叫花子，蜷在肮脏的茅坑旁边。

老赵风趣地说：“游民队既是藏污纳垢之地，也是人才会聚场所。这里有国家级篮球裁判员，曾为国际篮球比赛吹过哨；有教书先生，摇头晃脑把唐诗宋词背诵得滚瓜烂熟；有个演布袋戏的，学鸡鸣狗叫惟妙惟肖。”我把老赵讲的内容一一记在心上，回去向政委详细汇报。

政委听了我的汇报后沉思说：“取名游民队不妥当，是对人的歧视。必须马上纠正。总队下面管辖大队，大队下面是中队，赵中桥他们先到为第一大队，大队下属五个中队。原先排出的顺序不变，现在的游民队改为第五中队。游民队不准再喊。”我把政委的话记录在案，以口头命令形式往下传达。

月光如水。政委在院子里踱步，步子很慢，大概正在思考着明天和重庆民工见面的讲话。黄世沛悄悄走过去，从身后把大衣给他披上，他都似乎没有察觉。

重庆来的五个民工中队集合操场，听政委讲话。政委站着作完自我介绍后，笑着说我先点几个人名，点到谁请站起来认识一下。他点了大队的赵中桥、一中队的舒辉，三中队的邱收和五中队的李荣贵。李荣贵回答得特别响亮，并向政委啄脑壳笑了笑。

朱政委和大家讲话如拉家常：“我们从国民党手里接过来一个千疮百孔的烂摊子。有人流落街头，有人食不果腹、衣不蔽体。在这样的背景下，实行以工代赈生产自救，无疑是一大创举。从现在起，这里所有的人，无论是来自工厂、来自农村或来自学校，都是修铁路的工人，一律平等。用重庆话说是桌子板凳一般高。”全场发出轻微笑声，嘿，政委还懂我们重庆话。

“以工代赈说通俗点就是自食其力，靠劳动自己养活自己。

大家在这里找到了做人的尊严！”政委的话，引来全场热烈的掌声。

“知道大家最关心的是个人未来的前途。我不能给大家开空头支票，但有一点可以保证，只要劳动积极就有光明前途。以后工厂复工了，愿意回去的回去，愿意留下的留下。将来铁路运营需要大量的人员，我们负责量才输送。有的人顾虑自己文化低，这个领导已经考虑到了。等到开工了，各方面走上正轨，就开文化夜校，从脱盲做起。”说到这里政委指着我说：“你们的夜校校长由孙参谋来兼任。”政委用心良苦，让我又多了一个深入群众的机会。眼下工作是千头万绪，部队来的同志得以一当十。

政委讲完话大家热烈鼓掌。大队长赵中桥说我们来唱首歌，唱《咱们工人有力量》，谁来起个音？话音未落，五中队站出来一个年轻人，手里还捏了根竹棍做指挥棒，看来他是早有准备。他打着拍子，歌声随着他的手势时而铿锵时而嘹亮，袅袅余音飞向云端……

寂静的工地，明天又要开始沸腾！

9. 我们不当『垮杆兵』

读者朋友看到这个题目，或许会心生疑窦，“垮杆兵”和修路民工隔了帽子坡远，完全是风马牛不相及，怎么就搅和在一起了呢？其实并非如此，现实生活中居然就发生了一件事情，差点让民工扮演一回“垮杆兵”。

这件事说来话长，算得上是那个特定年代的趣闻一则。

那天领导派我去接赵中桥率领的大队人马。走拢了我一眼就发现，他们身上背的铺盖卷干瘪瘪的，里面没多少瓤子。有的人只背了一床草席或一件蓑衣，身上衣衫单薄、脚蹬草鞋，脚后跟裂开的冰口直往外渗血。还有人在寒风中捂着双手不停哈气，身子微微缩瑟。只有工人队和职员队情况稍好点，但也未见身上穿有棉衣。如此单薄衣衫怎么度过这个冬天？总队领导见状忧心如焚，让我赶紧向上级打报告。我连夜起草，一份写给军区后勤部，一份写给西南工程委员会并抄送重庆市劳动局。总队派通信员快马加鞭送达，并叮嘱他一定要取回回执。快去快回的通信员不仅带回了回执，还带了回来可喜的好消息，说整个重庆市都动员起来了，街道干部分头上门宣传，还在街上摆摊设点。高音喇叭里广播说，修路民工是我们的手足弟兄，他们在野外开山放炮十分艰辛，不能再让他们在寒风里受冻。广播声情并茂感人肺腑，当场就有人脱下身上的衣服聊表心意。通信员讲得绘声绘色，大家都被重庆市民雪中送炭的情谊所感动。

通信员笑着对我说：“我不当事后诸葛亮，现在就提醒你。市民们捐的东西隔天要到，赶紧腾出个地方来堆放。你说腾哪间，我好去帮你打整。”黄家大院房屋多，我选了间开间大房檐宽的，让赵中桥准备好人手随时听我调遣。重庆市劳动局救济科发来急电，说明天晚班客轮到达后请收取货物。这趟轮船类似铁路上的混合列车人货混装，个个码头都要停靠。我赶快通知赵中桥准备 10 个手脚利索点的好劳力。可真正等到轮船停靠下来，我就有些傻眼了。满满一船大包小包堆积如山，完全超出了事先的估计。10 个人根本就忙不过来。正当焦急之际，一群人自动跑来帮忙。原来他们刚刚下班，听说捐的东西到了，连忙扑爬跟斗赶拢来。小包一人扛，大包两人抬，大家有条不紊干起来。有个小伙子扛着一个小包说，嗯，这包里装的是女人的衣服，有股雪花膏香味。我只当是句调皮话，没往心里去。后来拆开包一看，果然是女人的衣服。这还不算搞笑，更滑稽的是有个小伙子扛着一个大麻袋，一边小跑一边夸张地用手扇鼻孔，说有股汗脚臭味直往外冲，里面一准是鞋子。打开一看，又让他猜准了，口袋里皮鞋、球鞋、胶鞋、雨鞋啥鞋都有。大家夸他的鼻子灵，倘若去当侦察兵肯定是块好料。因为侦察兵除了眼睛尖耳朵灵外还得嗅觉好。

我张罗着把每个包拆开清点登记，分门别类堆放。东西还真不少，可谓琳琅满目。平心而论，重庆人耿直不吝啬，舍得把好东西拿给别人。你看，一床棉被八成新，两床军用毛毯上好，棉絮也刚刚翻弹过。统绒衣裤不少，学生制服也多，就是有些尺码小了点。把裁缝师傅找过来能接的就接，能拼的就拼，只要穿得上，不能图好看。今年冬天有点冷，御寒才是硬道理。

既然是捐赠，当然出于自愿。把家中用不上的东西拿出来，此乃人之常情，换成我也会这么做。因此也就收到一些不适合民工穿的衣服。譬如女性的长布衫、阴丹士林布的女生校服、偏襟灯芯绒上装，还有几件面料精美的旗袍、老人的长衫马褂……应该说捐出这些物品的主人也是一片好心。或许他们不清楚，民工队是男人的世界，穿不了女生校服和旗袍。至于捐长衫马褂的就不免过于敷衍了，都什么时代了还穿那些玩意。幸好为数极少。

将女式衣服和童装以及长衫马褂搁置一边，我建议适当时候由领导出面转送给当地政府，做个顺水人情。领导赞同了我的想法，暂时交给后勤保管。有人提出几件花衣服可以不忙交，等到春节耍旱船男扮女装时，这些花衣服正好可以派上用场。我拍着胸口说到时再把它们借出来，不耽搁你们排练。

如何分配好眼前这些东西，才能不辜负山城老百姓的一片心意，这是摆在我面前的一道难题。只有把心放在正中间，不偏不倚、凝神静气把它分成五份。在体现公平的前提下，适当向弱势群体倾斜。一件衣服放进去了又拿出来，拿出来了又放进去。有人就在一旁笑我，说孙参谋你在下棋吗？看来你的棋风有问题呀，老是在“悔棋”。

再三推敲终于尘埃落定，不再“悔棋”。从外表看五个堆堆高矮胖瘦差不了许多，鞋子上沾有泥土，只好摆放在衣服堆旁边。终于弄好了，我就喊老赵前来参观，暗中考考他的眼力，让他判断哪堆是给哪个中队的。他问我能不能翻开来看看，我说当然可以。他认真翻开看了一遍，然后用手指出哪堆是分给哪个中队的。让我出乎意料的是，他猜的竟然和我设想的相差无几，悬着的心这才落下。我让他在每个堆堆上插个标签，各队自己来认领。

我跟老赵特别强调了两点：一是东西的分配由本人口头申请，群众评议，不准抓阄，抓阄一律无效；二是鞋子尺码大小不好将就，可以相互调剂，不受中队管辖所限。

最后交给老赵一摞慰问信，是市民附在衣物里的，有学生写的也有老人写的。各中队传看，愿意写回信的，由公家出信纸信封和邮票，并作为考核指标记录在案，将来抽调人出去可适当加分。通过这一活动，大大激发了民工们的政治热情。

实事求是地讲，此番捐赠收到的效果，精神远远大于物质。民工衣衫褴褛单薄的状况，并没有得到多大的改变。随着季节的变化，总队领导的牵挂也在不断加码。

不料这期间，民工中发生了一件不愉快的事。周末他们去坐茶馆，因争茶座和当地人发生了口角，差点拳脚相加。一张茶桌本来无人，几个民工刚坐下，突然有人大声吼起来：“让开！这是我们的座位！”民工不让，对方就出言不逊骂他们是些无业游民，有什么了不起！民工回答说他们是修路民工。对方瞪大眼咄咄逼人追问：“你说你是修路民工，拿出一个凭证来！”还挑逗性地龇牙咧嘴怪笑。这下可惹怒了民工中一个血气正刚的中年汉子，他气得直咬牙：“凭证来了，你给我接着！”说时迟那时快，掟子如出鞘之剑飞向对方胸膛。幸好这一刻我及时赶到，用眼神示意民工息怒，用手按住他的掟子，回头对大家说：“凭证在我这里。请大家看！”我把“西南铁路工程总队”的胸章举在手上亮给众人：“看清楚了吧。崭新的胸章还没有来得及发下去。”刚才那几个喳闹鬼看到胸章一下子就蔫了。茶馆老板怕得罪民工影响生意，赶紧招呼几个喳闹鬼道歉赔茶钱。我说：“不必了，我们来这里修路是为百姓办好事，务必请大家多多支持。”“那当然！那当然！”众人随声附和，茶馆里充满笑声。民工们从此在这里昂首挺胸。

今天这事说来也巧。口角发生时，通信员正好路过这里，他怕事情闹大，急忙调头来找我。他晓得我正在隔壁邮局取双挂号信（收信人须持有效证件领取，在回执上签字，他人不得代领）。于是才有了刚才那一幕喜剧。胸章是作为样品装在双挂号信里寄来，让我审核无误签字寄回去，好投入生产。

想不到一个小小样品竟然派上大用场，平息了一场风波。

胸章虽由我一手经办，但不是我提出来的。做胸章的建议是一中队长舒辉提出来的。他说2000多民工像一把豆子撒在沿线，和当地人的穿着差不多，民工身上须有个明显标识才对。他的话提醒了我，我立即参考解放军的胸章，设计了一枚民工胸章。上面一排“西南”二字，下面一排“铁路工程总队”六字。为了让人一眼就看出它与解放军胸章的区别，我将尺寸稍稍放大，将红色边框的颜色略为加深。图案送工程委员会报备，不料工程委员会回复说，这是一个创举，还奖励了点钱。我从津贴里拿出些钱补上，买了好几斤大肉。让老赵把地方干部喊拢来，办了大家一个招待。

军区后勤部来电话，说民工的棉衣终于有了着落，领导就派我去办手续。总队机关现有工作人员中，只有我去过军区几次，找得到东南西北，因此我是合适的人选，军事首脑机关最忌生人东张西望、东问西问。这回去军区我还有个自己的小九九，想趁此机会看望分在军区机关的两名校友，并通过他们打听一下去朝鲜前线校友的近况。就在上月部队归建的那几天，校友们也纷纷离校分配到了各个部队。本想回母校去看看，却实在挤不出时间，心里时常想念母校。我在南温泉堤坎校区虽然只待了短短的半年多时间，却终生难忘。在这个革命的大熔炉中，我这块毛铁经受了锻压锤炼。

第二天一早，和后勤管理员老陈坐头班轮船赶往军区。我负责办手续，他负责清点东西。

后勤部被服处处长告诉我，这是一批国民党军队遗留下来的士兵棉衣，发给你们，一来能够为民工御寒，二来还帮忙腾空了仓库。一听说是国民党士兵的棉衣，我心里咯噔了一下，民工穿上这身黄皮皮不就成了“垮杆兵”了吗？他们未必愿意。但是我心里比谁都明白，严冬逼近必须穿它别无选择。纵然是个烫手的山芋，也必须捧在手上。怎样既让民工穿上它，又不成为“垮杆兵”，是一道横在眼前的难题。既不能回避也不能上交，必须想出个两全其美之策。我清理一下思绪，脑子里出现了那天茶馆里争吵的一幕，顺着往下想，便想到了胸章。对，胸章！胸章是打开这把锈锁的钥匙。民工佩上“西南铁路工程总队”胸章，就是堂堂正正的修路工人，穿什么样式的衣服都不会产生歧义了。主意虽好，但如果2000个胸章拿不到手，那还不是一阵空想而已。我不甘心就此罢休，想到被服处长平易近人没有官架子，便麻起胆子把这一想法向他报告。他当即就赞同了我的想法，说现在的人提起国民党军队个个都讨厌，但事物都有两面性，我们应该往好的方面引导。胸章的事好办，以军区后勤部的名义给厂里发公函，盖上大红公章由我送去，限定工厂今天下午必须交货。

我拿着“尚方宝剑”找到厂长。厂长看到公函，一下就惊呆了，盯着大红公章目不转睛。乖乖，军区后勤部给我们来公函，这是天大的事啊。片刻，他从惊愕中回过神来说，请一百个放心，即使我们不吃不喝，也必须按时保质保量完成任务。下午5点朝天门2号码头准时交货。他赔着笑脸要我以后多照顾点生意。我说就看你的质量了，胸章背后的锁针要一个个选最好的。他不住啄脑壳，说倘有一个不合格就分文不要。我悬着的心这才落地了。

棉衣在唐家沱被服厂，后勤部为我们包了艘轮船去装。厂长见了我格外热情，说你来得正好，帮我们腾仓库。他问我要多少套，我说装满满一条船。他推开窗子伸出头朝江边望去，看了看我手指的轮船，说这船装 5000 套没问题。5000 就 5000。我心里默想了一下，现有民工 2000 人，待出发的 2000 人，春节后还有 1000 多人要来，满打满算刚刚好。我递上事先写好的棉衣型号比例。四川人个子小穿不了特号，大号 20%、中号 65%、小号 15%。这个数据是老赵提供的，他经过摸底调查，完全靠谱。

厂长问我要不要军帽，我连忙摆手说不要。一戴上军帽，不是“垮杆兵”也成了“垮杆兵”。我要厂长给我一匹白布回去做头帕，他痛快地点头答应。我再要 200 条毛巾，他就有些舍不得，问要毛巾做什么。我说：“厂长同志，我都帮你腾空了仓库，你可不能一毛不拔啊。你想呀，民工并不乐意穿这些黄皮皮，我得给他们化化妆。农村来的我给他一条布帕包头，城里来的我给他一条毛巾当帽子。你来自中原不懂四川人习俗，这就是农村人和城里人的区别。”厂长大方了一回给了毛巾，说这本来是发给咱们部队的。

棉衣十套一小包百套一大捆，老陈认真清点了捆数。我让老陈特别留心白布和毛巾，它们个头虽小分量却很重，犹如是化腐朽为神奇的点睛之笔。当然这话只能放在肚子里。亟须和家里联系，向领导报告领取棉衣遇到的情况和我个人的想法。几经周折电话终于接通。接电话的是黄世沛，我将情况一五一十说给他听。他说政委正在开会讲话，我所说情况他会及时向政委汇报。我告诉他船要绕道朝天门码头取胸章，估摸 7 点才能到达，请他通知赵大队长组织人力到码头上接东西。

轮船载着堆积如山的棉衣，逆风逆水上行，停靠铜罐驿码头时天已擦黑。远远看见黄世沛手上提着马灯，站在政委身旁。岸边一群人扛着扁担举着绳索，在半明半暗的灯光里走动。他们是大队长专门派过来搬棉衣的。还有更多的人站在远处，是来看热闹的。他们最为关心的，就是看领回来的到底是不是国民党的士兵棉衣。墙有缝壁有耳，他们似乎听到些风言风语。

码头装卸工干计件跑得飞快，我们还没有下船，大包就已经扛到了岸上。恰好其中一包裂了道缝，有人就扒开一看，果然是国民党士兵的黄皮皮。这下就炸了锅：“我们不穿‘垮杆兵’的棉衣，我们不当‘垮杆兵’！”声音虽小，江风还是把它传到了我耳朵里。我急忙推开装卸工，踏着摇摇晃晃的跳板冲上岸直奔政委。我什么话都没有说，只把胸章递到他手上。他会意地点了点头。接过黄世沛递上的铁皮喇叭，政委站在风中，对着站立在江边的人群讲话。那场面、那气氛感人至深，至今难忘。

政委说：“你们有人看见了，运回来的是国民党士兵的棉衣。你们不愿意穿，不当‘垮杆兵’。这种爱憎分明的行为我举双手赞成。但是，我们从国民党手里接过来的是个烂摊子，一穷二白啊。领导下了死命令，这个冬天不准民工一个人没饭吃，不准一个人没棉衣穿。一碗饭要匀着吃，有衣服要大家穿。至于穿的是不是‘垮杆兵’的棉衣，在我看来并不是那么重要。我再大声说一遍，穿的是不是国民党士兵的棉衣，并不重要！物质本身没有阶级性。你们看，黄世沛肩上背的卡宾枪是美国制造，现在成了战利品。在敌人手上它是杀人工具，在我们手上就是保卫和平的武器。孙参谋带回了赶制出来的胸章，我们为每套棉衣配一个胸章。只要大家把胸章往棉衣上一别，你们就是响当当的西南铁路工程总队的一员，就是成渝铁路的建设者。哪个还敢说你是‘垮杆兵’？哪个说了我就找哪个算账！”

政委的话多次被掌声打断。江风把它传到很远很远……

这下可把大家高兴坏了。棉衣包捆太大，一个人挑不动，必须要两个人抬。不知什么时候有人找来了好多杠子，更多的人自愿加入了抬棉衣的行列。此刻，灯笼火把照亮了半个夜空，码头上人声鼎沸。

这是入冬以来最温暖的一个夜晚。

10. 工地上过热闹年

总队部迁到了白沙沱，这里水陆交通方便。

一晃，1951 年的春节就临近了。这个信息是挂历告诉我的。那时候不兴一天翻一张的小本日历，时兴的是悬在墙上的挂历。挂历不叫挂历，叫月份牌。月份牌一月一张尺把长。后勤处知道我需要它，特地从重庆买了一本挂在墙上。早先，月份牌上印有美女叼着香烟的广告，现在的月份牌上印制的是壮美的山水画。可我哪有心思欣赏山水图画，一心专注的只是日期。凝神一看，2 月 6 日就是兔年大年初一了，忙用红色铅笔画了个醒目圆圈。我敢打赌，除了我，周围没有几个人关注这一天。原因很简单，从上到下正大力宣传移风易俗破旧立新。部队只过阳历年，不过春节。

阳历年也过得极其简单。元旦上午开了半天会，中午吃顿饺子还得大家动手。当时流行一句话叫作“自己动手，丰衣足食”。我缺乏包饺子的天赋，总是包成怪模怪样的“丑八怪”，便自告奋勇去煮饺子。哪晓得煮饺子同样是一门学问，倘若把饺子煮开了花，有何颜面去见手端盆钵等着大快朵颐的诸位战友。于是便拜炊事班长为师，向他讨得煮饺子的诀窍，摇身一变就成了煮饺子的高手。此后，凡是煮饺子就非我莫属。轻轻松松就获此殊荣，禁不住沾沾自喜。

吃了饺子下午是转街。可我手上有忙不完的杂事，就不能跟着大家去转。白沙沱只有两条街，横一条竖一条。横着的沿着江边，竖着的通往山里。转过来转过去，有些人就不知来回转了多少遍。要问为啥停不下来，原来是心里有个秘密。在古老的石板路上走，在拥挤的人群里摩肩接踵，能够产生梦回故乡的幻觉。军人不准在街上边走边吃东西，战友们就把买的甘蔗、柑橘装在挎包里，回到营地再吃。他们回来后，有人塞给我两个早已焐得热乎乎的大橘子。大冬天吃着这焐热的橘子不但别有滋味，还让我想起了远去的童年。

离春节越来越近。心里不免盘算一件事。部队不过年，可民工不能不过年嘛。他们是老百姓，祖祖辈辈都特别重视这个节日，再苦再穷也没有落下过。如果到了铁路工地连年都过不上，他们心里一定不好受。可是凭着眼下这样的条件，怎么把这个年过好，我必须得操这份心。如若在原先老部队，自然轮不上我，可工地上就大不同了，部队上来的人手少，必须得以一当十。该我管的当然要管，不该我管的也要管，没人管的还得揽过来管。我常常暗暗自嘲“参谋是个筐，啥都往里装”。通信班有个调皮鬼见我忙得不亦乐乎，私下里封了我一个绰号叫“不管部部长”。一天他正要张口喊出声，我赶紧以迅雷不及掩耳之势，捂住他的嘴巴说喊不得，那是外国人喊的，咱们革命队伍不兴这个。他朝我伸舌头装怪相，不过还好，此后他没有再喊。

罗总队长随同贺龙司令员视察成渝西线工地，昨夜很晚才回来，今天一早就去了政委房间。隔了好一阵，通信班长站在院坝里，像唱信天游般扯起嗓子喊：“会议室开大会，全体都有。炊事班留一人看火，其余的都要到。”所谓会议室，就是大家吃饭的地方。把饭桌往边上一挪，再把长板凳并排放好，眨眼工夫饭堂就变成了会议室。

会议由政委主持。说总队长此次随同贺龙司令员视察成渝西线工地，带回来了振奋人心的好消息。大家要认真听，孙参谋做好记录。总队长从口袋里摸出个小本子放在面前，端起大茶缸喝了口酽茶，清了清嗓子就开始讲话。这一讲就是一个多小时，没有打半句嗯顿，没有往小本子上瞟一眼。我打心眼里佩服他惊人的记忆，这个本事绝非一日之功，而是从战火中磨炼出来的。不久前他对我说，作为一名军事人员要学会用脑子记事。挺进大别山时，邓政委提醒大家用脑子记事最稳当，如果记在本上，万一本子弄丢了，就是天大的事故。此刻总队长正在言传身教，让大家学会用脑子记事。

总队长果然带回来振奋人心的好消息：“军区首长给我们加重了担子。总队要扩编到 12 个大队，从菜园坝一直管到资中资阳交界处的顺河场。因乱石滩一段改线，龙泉山脉新增一座柏树坳隧道，由我们担负施工。这次我随贺老总视察真是大开眼界。成都工程处和我们几乎是同时成立，处长毛定原是位学者型的铁路专家，政委黄新义（后来中铁二局局长）是贺老总的老部下。让人没有预料到的，他们那里遇到的最大困难竟然是施工人员的生命安全。一出成都，龙潭寺五凤溪一带，时常有土匪出没，威胁到人身安全。工程处依靠当地政府发动群众，组织民工在铁路工地沿线站岗放哨。男民兵荷枪实弹，女民兵扛着明晃晃的大刀，刀柄上的红绸迎风招展，煞是威风。土匪们望风披靡。

“黄政委还告诉我们，成渝铁路西段归川西行署管辖，川西行署派来民工修路理所当然。而川北行署远在南充，与成渝铁路并不接壤。可行署领导主动请缨，说要选拔最得力的人员参加修路，让他们经风雨见世面取得真经，回去好建设家乡。黄政委感慨川北人有如此胸襟，值得我们学习。川北民工支队队部设置在资阳境内，和我们隔山相望。我们要学习人家‘全国一盘棋’的精神。”

总队长的讲话如冬天的一把火，烤得每个人心里暖烘烘的。

散会之后总队长喊我去他那里，问我工地上民工过年有啥打算。幸好我未雨绸缪，便向他详细报告筹备的情况：初一到初五工地上放假，组织秧歌队、旱船、打莲箫等表演，现正在排练；组织篮球友谊赛，已邀请到了当地中学和工商联两个球队参赛；排练一台晚会，节目由各中队报送，自编自演。凡是愿意回家过年的，由总队出具证明，好向所在户籍申报临时户口。有的家里已经汇来了路费。总队长听了汇报频频点头说很好很好，就按照你筹备的去做。

总队长又问伙食方面有什么安排，我接着汇报："举办一次中队间的厨艺比赛，红白两案分别进行，由赵中桥负责组成评委打分，并排出名次。以上这些活动都请总队长和朱政委参加，为大家鼓鼓劲。"

总队长笑着说："我怕是参加不成了。开了年民工要陆续上齐，总人数一万出头。多数来自重庆周边的县份，万县、忠县、丰都、永川、大足……大多是没有生活来源的城市贫民。民工的吃住和生活补贴等问题是当务之急。我要赶回去当面向军区首长请示，有些事还要请西南筑路委员会出面协调。我不在时，有事请示政委，春节有些活动请他参加。"

话音刚落，总队长端起茶缸又放下："噢，有件事差点忘了。我们总队战线拉得太长，每个大队也相距甚远，缺乏代步工具。军区后勤特地给我们配备了一批战马。每个大队五匹，总队机关多两匹。我特地让饲养班挑了匹性情温顺的给你，挺进大别山时它立过战功，驮着一位重伤员，冒着敌人天上飞机的扫射，地面炮火的阻击，硬是一口气冲出了黄泛区，创造出了生命的奇迹。"经总队长这么一说，我心里再也按捺不住，迫不及待想去会会这位特殊的"战友"。在未来的日子里，它将和我一起披星戴月，奔跑在漫长的成渝铁路工地上。

为了让民工们过好这个年，我特地去咨询赵中桥，问他重庆人过年有哪些习俗。他说头一件事是吃汤圆。我连忙摆手，吃汤圆没有条件，先搁在一边。他接着说第二件事是吃糖蒜。大年初一家家户户都吃糖蒜。蒜和算同音。取其精于计算钱财之意。糖蒜便宜，哪家酱园铺都有卖的。

经请示，政委同意赵中桥派人进城买了糖蒜。我们先将此事保密，等到初一拿出来时，给了大家一个惊喜。重庆人初一吃糖蒜有讲究，不用筷子夹而是伸手抓。寓意“抓钱爪”图个吉利。有的民工吃着糖蒜感动得哭了起来，说想不到在工地上过年，居然和在家里一样吃到了糖蒜。有人一高兴，连蒜皮都嚼着吞下了肚。

工地上 2000 多民工，家在重庆市区的占大多数。我一再通知各中队，回家过年的报上姓名，由我出具证明，回去好上临时户口。反馈回来的信息令我大吃一惊大为感动。大家异口同声说：“过年不回家！过年就在工地上！”

民工们把工地当成家，这是对我们的极大信任，是一片深情寄托，岂敢辜负。我在心里再三提醒自己，尽量让他们过个快乐年，过个热闹年。初一至初三兵分三路。第一路赵中桥带领秧歌队、旱船队、莲箫队去周边乡场拜年表演。第二路由舒辉率领篮球队和地方单位比赛，并组织一支啦啦队呐喊助威。第三路是晚会，事情比较烦琐，由我自己来办。尤其是挂在台前的两盏气灯不好伺候。气打得不足，亮度不够；气打过了头，灯罩要爆。灯罩是石棉做的轻薄如纱，娇嫩得像个千金小姐。我找了两个很有经验的师傅专门经佑，保证了自始至终没有扯拐。

晚会节目非常丰富。金钱板、评书、民歌、小魔术、川剧清唱和活报剧门类齐全。最受欢迎的是川剧清唱和活报剧

《美帝是个纸老虎》。原计划初一到初三连演三场，赵中桥拜年回来说偏远山乡消息不畅，乡亲们初三才晓得铁路工地上有演出，纷纷表示明晚要打着灯笼火把来看戏。我连忙请示政委，谁知他不但同意加演一场，而且要求必须演出最高水平。我赶紧安排赵中桥派人四处张贴海报、广泛宣传。

来看最后一场演出的观众特别多。川剧清唱《陈姑赶潘》受到热烈欢迎，下不了场的演员在热烈掌声中，又唱了一段《白蛇传》。这位川剧女角其实是位男生，是市中区大众游乐场专业川剧演员，解放后游艺场生意萧条，便主动报名来修路。赵中桥无意中发现了他，费尽了口舌再三动员，他才答应登台亮相。

年过得渐近尾声。该热闹的热闹过了，该玩的也玩得差不多了，正打算养养精神准备上班。不料初五下午，出现了一个意想不到的情况。通信员气喘吁吁跑来向我报告，一支舞龙队正朝着工地奔来，是专程来慰问咱们的，看样子是从很远的地方赶来。我急忙随通信员出去看看。只见队伍前面十来个男的肩上扛着一条龙，龙身是白布做的，上面画了许多金光闪闪的鳞甲。龙头特别大，扎得特别精致，眼珠不仅能转动，还闪闪发光。人们常说画龙点睛，今天果然是大开了眼界。龙的胡须也特别长，在风中徐徐飘动。让我最为惊诧的是，跟在长龙后面还有 6 名汗流浃背的年轻女性，她们轮换挑着两副沉重的担子。一头是红炉，一头是大风箱。

我迎上前去欢迎。把他们安顿下来后，赶紧转身报告政委，并向政委简单介绍了四川龙灯。

四川龙灯扎根于民间已有悠久的历史。尤其是重庆郊外几个区县，舞龙舞得炉火纯青并花样翻新，赢得了龙灯之乡的盛誉。舞龙队总共30多人，舞龙时像球队一样轮换上场。队里还有6名女性。她们不参与舞龙，用挑着的风箱吹旺炉火、熔化铁水。舞龙时，她们用铁勺舀起铁水泼洒在舞龙人身上。舞龙人上身打着赤膊，却不会被烫伤。这就是他们的绝技，民间称之为“打金花”。有人还给它取了个更好听的名字——金龙狂舞。

政委听罢深为感动，沉吟片刻后又问我：“人家翻山越岭辛辛苦苦赶来慰问，我们总得好好招待人家。你拿什么去招待？”我拍着胸脯回答：“政委请放心，客从远方来，当然不能怠慢。我已经摸好了底，前几天厨艺大赛，还有些菜没有卖出去。这个中队有甜烧白，那个中队有粉蒸肉，收集来凑在一起就是一桌大菜。这件事由中队长舒辉负责办理。”政委点头说好主意，招待费用由总队财务支付，不能侵占下面的便宜。我说那是当然。

“光吃顿饭，是不是还简单了点？”政委轻声念叨似是自言自语。我眉头一皱计上心来，向政委报告了我的想法。节前军区发了点招待费，准备用来接待地方上来拜年的客人，可至今还没有人来，也就一直没有动用。我们用它买点慰问品，男的一人两包香烟，女的一人两包糖果，两样价钱都差不多。另外一人再发条毛巾，四川民间素有过年打发毛巾的习俗。毛巾是年前从被服厂争取来的。毛巾上一头印有“解放大西南”，一头印有“将革命进行到底”的红色字样，很有纪念意义。他们拿回去肯定当成宝贝。政委说很好，要我一件一件去落实。

不一会儿舒辉来说，粉蒸肉甜烧白虽然好吃，但不下饭。下饭还得靠回锅肉。舞龙是个重体力活，不吃饱咋得行？我说没有新鲜肉怎么做回锅肉？他朝我神秘一笑，变戏法似的弄来一大块保肋肉，亲自掌勺炒成“灯盏窝”让大家下饭。舒辉心细，发觉几个女同胞没有吃几口，就匆匆下桌离去。他急忙揣了几个馒头喊上我，跟出去看个究竟。原来她们是提前到广场给红炉发火，把废铁锅捶成的碎片熔化成铁水。舒辉给每人发了两个大馒头。她们拿出手绢包好说带回去给孩子吃。其中一个还把我喊到一边，以商量的口吻说，她想退回一包糖果换一包烟。这样的话，回去后把烟给男人抽，糖给娃儿吃，毛巾留给自己用。全家每个人都有了一份礼物。她的一番话让我深受感动。忙安排舒辉给她们每人买一包烟。舒辉拿烟给她们时，把指头竖在嘴边做个莫要声张的手势。她们相视而笑，笑得好甜，笑得好美。

舞龙开始后，几位姐妹特别卖力，把铁花打得变幻莫测。当万点金光临空直泻，泼洒在舞龙人身上时，全场爆发出阵阵欢呼。这时，白沙沱的半边天都映红了，一个狂欢之夜让人难忘。

舞龙的人要走了。大家依依不舍，白沙沱居民把一支支点燃的纤藤杆递到他们手上，照亮他们回家的路。这感人的场面一直印在我的脑海里。

光阴荏苒，岁月催人。2019 年 4 月，重庆白沙沱长江大桥到了退役的年龄。作为当年的建桥人，我受邀参加隆重的退役典礼。这一生中我曾两度驻扎白沙沱。今日故地重游，实乃人生一大乐事。和好友坐在桥头茶楼里喝茶，凉爽的江风依然像当年那般好客。俯瞰白沙沱街道，往日的情景已不见。如今的它，像位老人在回望着远去岁月。而我的脑海中，尘封的往事却被江风唤醒。

在好友的鼓动下，我讲起了白沙沱的往事。讲兔年正月初五舞龙灯的盛况，讲火树银花不夜天的美景，讲几姐妹泼洒铁水的婀娜多姿。还讲有个小孩看舞龙灯看得入神，尿胀了忘记了厕，把棉裤都打湿了……一直竖着耳朵旁听的茶馆老板一拍着大腿笑道：“打湿棉裤的是我老汉，当时三岁。”惹得大家哄堂大笑。老板又说，他还晓得许多有关成渝铁路的故事，譬如民工过年不回家等，都是上辈人摆给他们听的。

我说：“是啊，民工过年没有回家，我们军民一起在白沙沱，在成渝铁路工地上，过了一个热闹年！”

11.『苦不苦，想想长征两万五』

自打那天总队长说给我配备一匹军马后，心里就乐滋滋的，甚至有点喜出望外。几百里的成渝铁路工地，对我来说如同无数个大小战场。参谋是首长的耳目，必须往来奔波于各个工地。今后有军马相助，领导指向哪里我就能快速奔向哪里。朝辞菜园坝，夜宿朱杨溪，岂不快哉！兴奋之余也有一点忐忑不安。非我杞人忧天，由于本人资历尚浅，没有"骑马挎枪走天下"叱咤风云的经历，屁股上没有磨起老茧，心里不免有些怯火。这位尚未谋面的新"战友"会不会欺生，脾气上来了踢我两脚，甚至趁我不防，来个恶作剧，把我从马背上掀下来，弄个仰翻叉也未可知。因此急于想向饲养排长黄胡子讨教。此人有些来头，老牌荣昌畜牧医科学校出来的。这所学校是西南唯一一所集科研与实验于一体的畜牧学校，当年驰骋在抗日疆场的战马，有的就是他们培育出的良种。听说他本人还有一个绝技——善于相马。一匹马只要从他眼前一过，便能知道它的“前世今生”，便能知道它是不是“一食或尽粟一石”的千里马。故而就特别想拜他为师，免得让军马笑我无知。

不巧，这几天他回军区饲养场领饲料去了。军马的饲料分为两种：一种是草料，当地购买；另一种精饲料麦麸皮和菜枯饼，当地采购不到，必须由后勤部饲养场统一配发。

我焦急地盼望黄胡子回来。仰望天空彤云密布，一场大雪正在酝酿。重庆是出名的雾都，冬天无雪。人们常说十里不同天，我们驻地在重庆百里之外，处在大山和长江的夹缝当中，气候多变。今天朔风怒号寒气逼人，冷得我直打抖抖，连忙翻出老团长留给我的那件棉大衣披在身上。推开门一看，纷纷扬扬的雪花正在空中表演自由落体，瞬间远处的山头白了，近处瓦上雪水成冰。幸好我及早得到异常天气预报，派通信员分头给各工地报信，让民工赶快收工往回跑，回到工棚捂在铺盖里抱团取暖。

就在这时，忽见一个人冒着风雪冲进院子，裹挟着一股凛冽寒气冲到我面前。定睛一看原来是黄胡子。他不由分说拉着我就往外走：“快，去看看你的宝贝军马！”这鬼天气看什么马？我有些迟疑。“这样的天气正是看马的最佳时机。男人女人谈恋爱讲究在花前月下，和马匹建立感情则恰恰相反，要在艰苦的环境里，在枪林弹雨中更好。”经他这么一说我才恍然大悟，跟着他一路小跑。

路上他问我对马知道多少，知道些什么。我说我知道“人穷志短，马瘦毛长”“千里马常有，而伯乐不常有”。他哑然一笑，怕我在风雪中听不见，凑近我耳朵边大声说：“你那是纸上谈兵不顶用。马和人都是动物，有许多相通之处。一个健康的人必然是红光满面精神抖擞，马也如此。”

他一时兴起就跟我说起马来：“京剧《红鬃烈马》你该晓得。马鬃越有光泽越浓密就越是好马，犹如漂亮女人有一头秀发。还有眼睛要明亮，凡目光呆滞的皆非好马。还有个细节往往被人忽略，马蹄四周有毛相护的一定善于奔跑。‘马齿徒增’说的是马的岁数，只作参考。”

我们来到马厩，黄胡子指着一排半睡半醒的马考我：“哪匹是你的？”我不能在黄胡子面前交白卷，让他窃笑。便屏住呼吸一匹一匹仔细察看。走到一匹不太高的棕色马前，它抬起头来看我，鼻子还轻轻喷了一声，像小孩撒娇那般，旋即又深情地望着我。心有灵犀，就是它。黄胡子大笑，扶我上马，一一交代注意事项。我两腿往马肚上一夹，发出奔跑命令，新战友和我配合得非常默契，丝毫不让我提心吊胆。我俩穿过茫茫风雪，在崎岖的山路上奔跑好大一圈，才意犹未尽徐徐归来。

筑路工程势如破竹，节节向前推进。总队部从重庆白沙沱移师内江。这里地处成渝中点，往两头跑都更为便捷。总队长派我去沱江大桥工地，那里正在开始架设钢梁。张络耳胡原先的铺轨大队摇身一变，成了现在的铺轨架桥大队。从北方老铁路抽调来一批技术人才支援架桥，张络耳胡亲自下厨捣鼓了几个大菜为他们洗尘，其中自然少不了打门锤回锅肉。他举起酒杯扑通跪在地上，向师傅们行拜师礼。老师傅们吓了一大跳，惊呼大队长，你是堂堂的团级干部，我们可受不起啊！于是，会喝酒的不会喝酒的，都仰起脖子一饮而尽。此事感人，一时传为佳话……

一清早，我从内江城里总队驻地友好路骑马出发，来到沱江大桥北头，没有忙着去桥上见张络耳胡。我先把马拴在一棵大树下，顿时引来一群小孩扑爬跟斗跑过来看稀奇。忽见战马昂起头一声嘶鸣，吓得小孩们慌忙逃散。我连忙招呼他们转来，告诉他们不用怕，这马很善良也很聪明。一些胆子大的孩子立刻扯来一把把青草喂它，我没有阻拦，让它多吸收点水分。我要到山坡上为两位烈士扫墓，孩子们天真无邪，托他们帮着照看战马我也放心。

一条崎岖曲折的山路通到山顶烈士塔。路上荆棘丛生，荒无人迹。看来很久没有人走了。顺手在路边采摘些野花，野花开得灿烂，它们甘心用弱小的生命之花陪伴孤独的烈士。

塔高三丈有余，塔身呈四方形，塔顶上是一只石刻葫芦。葫芦虽小寓意深长，让我想起了家乡扬州瘦西湖白塔的塔顶。

我整好军容，手捧野花向烈士敬礼。然后躬身用毛巾轻轻擦拭碑上的尘土。随着我的擦拭，两位烈士名字逐渐显现出来。柴九斤、钟志卿两个名字并列。我大声喊着他们的名字时，如同千里他乡遇故知，热泪夺眶而出。用手轻轻抚着名字，往事涌上心头。

柴九斤是西南军区警卫团班长，河南人，参加过挺进大别山战役。1950 年 6 月 15 日，我们一同列队在军区大操场，接受军区首长检阅，参加成渝铁路开工典礼。第二天天不见亮，又一同从军区驻地浮图关出发奔赴工地。那天太阳特别火辣，行军路过小镇稍息，他买了两根冰糕，含一根在自己嘴里，跑过来把另一根给我：“我们团长说你是从军大新来的，给你。”他自我介绍叫柴九斤。这名字有些特别，难道生下来就有九斤重？

抵达驻地后我常去总队司令部办事，轮到柴九斤在大门口站岗，都向我行持枪礼。后来不见他站岗，一打听，才知道他申请修建沱江大桥去了，因为那里需要人。再后来听说他牺牲了！我心里非常懊悔，生前和他没有更多交谈，对他的战斗经历一无所知。不过我清楚，但凡是从大别山挺进来的战友，每个人都有一段传奇故事。

钟志卿我不熟悉，估计他也是从中原来的。据我所知，首长身边的警卫团、通信团今年没有补充兵源。这两个团的每位成员都经过箩筛筛过。我以一瓣心香致敬这位未曾相识的战友。

告别烈士塔往山下走，心中不免有些怅然，也许再没有机会来扫墓了。但我相信大桥不会忘记他们，历史不会忘记他们。

来到沱江大桥桥头，远远看见张络耳胡一边挥手一边奔来。几个月不见，我们紧紧拥抱。发现他又瘦又黑，我有点心疼。问他当铺轨架桥双料大队长的感受如何，他笑着说：“这是领导给我‘乌纱帽’两边各吊了一坨石头，有点沉啊！

脑壳小，有点承不起。”我说你是出了名的大脑壳，因为脑壳大，才长得出一脸漂亮的络耳胡。

言归正传，他给我讲起了沱江大桥架梁。沱江大桥是 505 公里线路上唯一的一座钢梁大桥，全长 370.83 米，高 27 米。七个桥墩是解放前陆续修成的，只有两头护坡是解放后我们解放军修的。对面山坡上安葬的两位烈士，正是在修桥头护坡时牺牲的。

架梁的确是一场前所未有的硬仗和苦仗。钢梁是贺龙司令员下命令，用登陆艇从武汉经长江转沱江运来，它由武汉造船厂制造，堪称庞然大物。由于当时四川工业落后，没有起重设备。把它从登陆艇上起吊上来，又稳稳当当落在桥位上，难度可想而知。张络耳胡埋怨说，只有一部卷扬机，岁数还偏大，外搭几个铁链葫芦。目睹这样简陋的设备，感觉又回到小米加步枪打鬼子的年代，周身热血沸腾。张络耳胡领着大伙面对大桥宣誓。誓词是他自己编的：“苦不苦，想想长征两万五；累不累，想想革命老前辈。大桥就是战场，轻伤不下火线，不打赢这一仗绝不收兵！”宣誓完毕，兴犹未尽，有人就站在桥头大声吼，就是肩挑背扛也要把钢梁架上去。不能让老外看我们笑话，说我们连钢梁都架不规一。

正当大家热情高涨之际，老张反而冷静思考，用显微镜放大镜寻找架梁隐患：“我最担心卷扬机突发心脏病‘休克’。一旦发生‘休克’，钢丝绳忽然松套，钢梁岂不岌岌可危！就像战场上那样，我组织了第二梯队。十几个气力过人的彪形大汉，坚守在钢丝旁边，万一卷扬机熄火，立马冲上去死死拽住钢丝绳，保证钢梁不掉下来。然而，我这个杞人白白忧天一回。第一组梁非常顺利就吊装到位。摸索出来了一点门道后，心里虽然踏实了，但彪形大汉还是不能撤，不怕一万、只怕万一。”

张络耳胡讲完架梁歇了口气，接着对我说：“老百姓听说沱江大桥要架梁，闹麻喽！一传十十传百，奔走相告，扶老携幼来看架桥。近的来自内江附近，远的来自资中、隆昌，最远的来自自贡……这些人的祖辈大多买过当年成渝铁路股票。老辈人还健在的，由后人背着滑竿抬着来；老辈人不在了，后辈人替他们还了夙愿来看火车。他们把架桥和通火车当成一件事。现在来的人一天比一天多，人山人海那个阵仗让你吓一跳。人挨人人挤人，我就害怕万一有人掉进江里咋个办？”

我对络耳胡说声急事急办，就拍马赶回去向总队长报告，请军区派部队来维持秩序。果然第二天军区就派来一个连镇守。沱江两岸看架桥的人山人海，完全就是一道风景。

第二天总队长派我去隆昌，在修建车站的工地多住几天。我便多带了几件衣服，让军马帮忙驮着。此时是 1951 年早春二月乍暖还寒。昨天在沱江大桥还是艳阳高照，今天的隆昌就寒气肆虐。无论男女，头上裹着白帕子的人突然多了起来，有人还提着烘笼取暖。

我先在大队部院墙外安顿好军马，再去见大队干部。炊事员眼睛尖，见我骑着马来，立刻抱了一捆高粱秆帮我喂马。我想起黄胡子跟我说过，马不宜吃苞谷秆和高粱秆，要吃也要用铡刀铡碎才行。现在这里也找不到铡刀，便委托炊事班长帮忙，找打猪草的孩子买些马料，钱由我来出。他们说好多少就给多少，不能亏了孩子。

我们工程总队共计 12 个大队，只有两位大队长是长征干部。隆昌大队长王永长便是其中之一。他是广元苍溪人。给地主扛过长工，红军来到渡口修木船渡嘉陵江声势浩大，动员穷人加入自己的队伍。他便带着比自己小几岁的侄儿王振禄参加了红军。爬雪山过草地时叔侄俩相依为命，就是挖到一只田鼠也烧熟了搭伙吃。走啊走，走啊走，终于来到宝塔山下。眼下侄儿在永川大队当大队长。人们歇气时喜欢评价这两位红军干部。说叔叔像条老黄牛拉车不松套，侄儿是匹小马驹活蹦乱跳。

我问王大队长，隆昌工地有什么难处，有什么需要总队协助解决的。他摆手说眼下这点困难都能克服，请总队首长放心。

到了中午开饭时间，我和大队干部一起排队打饭。盘子里放的是两个红得发黑的高粱粑，搪瓷碗里盛了一碗酒米稀饭。大队长见我满脸疑惑，便说隆昌盛产高粱，高粱本是用来烤酒的。这里也并不缺大米，眼下为何吃酒米稀饭下高粱粑呢？只因为志愿军战士在朝鲜战场上“一把炒面一捧雪”，大米需要赶紧运往前线。隆昌县委特地派来干部表达歉意，说现在粮食仓库里只有高粱和酒米，请多多谅解。

我忙放下碗筷，走到工人吃饭的坝子中间看看。大家知道我是总队来的，不把我当外人，围拢来你一言我一语诉说。有的说看见高粱粑就发呕，吃了“心烧”冒酸水；有的说打个饱嗝都是酒糟味儿，肚子胀鼓鼓的。还有人把我拉到一边悄声说，吃高粱粑两头受罪，上头吞不下，下头屙不出。

我一时无语，眼泪直往心里流。

隆昌是个大站，有机务折返段，还有调头的三角线，股道特别多，必须建在一片开阔的平地上。开阔的平地，恰好是一片冬水田。冬水田修车站难度很大，先要把稀泥全部抠起来。工人们一捧捧地将稀泥往箩筐里装，可它比泥鳅还狡猾，费力不讨好。只得借来了农民的戽斗，用它舀起稀泥倒在铁皮翻斗车里运走。我来到工地上，看见刚才那些吃高粱粑出现不良反应的人，正在水田里劳作，全身上下全是泥浆，只有一双眼睛是黑黑的。他们嘴里吼着自己编的劳动号子：“苦不苦呀，嘿咗 / 想想长征两万五，嘿咗 / 累不累呀，嘿咗 / 想想革命老前辈 / 嘿咗……”他们反复吼着，彼落此起，山鸣谷应。行人无不驻足观看，连声夸奖说这样的工人，这样的

修建沱江大桥

劳动场面从没有见到过。

隆昌大队近千人天天酒米稀饭下高粱粑的伙食，让我心忧如焚。必须尽快向总队长报告，但又不好在大队部当着大队长的面打电话。在长征老前辈面前我必须谨慎，不能伤害了他的自尊心。正在发愁之际，意外发现工地上挂有皮包机可通总队，这让我喜出望外。总队长听了我的口头报告后说，先要好好地表扬大老王一下，他这是在发扬长征的艰苦奋斗精神。接着要狠狠批评他一通，这么大的困难硬扛下去要出事的啊。真是乱弹琴！

总队长一声令下，沿线各大队雷厉风行，连夜给隆昌送灰面大米。鸡公车推架架车拉，还有肩头挑的，队伍波澜壮阔。老红军叫司务长一一过秤，记住兄弟大队雪中送炭这份情谊。他宣布从明天起，早上稀饭馒头，中午大米干饭，晚上还是酒米稀饭下高粱粑，因为高粱面还多不能浪费。从此隆昌工地上的劳动热情猛增，修路进度势如破竹。

民工来修路是响应政府“以工代赈”的动员令。“赈”是救济的意思，你来修路给你碗饭吃。这事放到今天恐怕没有几个人能相信。解放之初，以大米为单位计算成本和报酬。修建成渝铁路，中央拨给两亿斤大米。而民工报酬也以米来计算，统一规定民工劳动一天，获得大米 6 斤。最初米价 6 分一斤，后来稳定在 8 分。月底除去伙食开支，若有剩余归民工个人所得。他们用这些钱来买毛烟草鞋，买邮票寄家信。日子过得紧巴巴的，若想下小酒馆喝顿花生米下酒，都要架起很大的势。

他们的艰苦日子，我看在眼里记在心里，想帮帮他们却因人微言轻，说话没分量。一天在《人民日报》上看见一条消息，说鞍钢开展劳动竞赛，获胜者有奖。于是我灵机一动，想把劳动竞赛机制引入隆昌工地，他们如果多劳就可多得些报酬。我先找几个民工分队长、积极分子讨论，他们都举双手赞成。而老红军大队长听了我拟出的竞赛方案，拍着大腿叫好。总队长知道后就催我早点试行，干得好就在各大队推广。从这天开始，隆昌车站工地上你追我赶热火朝天。有的工人一天干下来，可多得3斤米，有的甚至多得4斤米，一个个笑豁了。家住附近双凤驿的吴姓民工，在工地上分到钱后，星期天就割块保肋肉提回家，一家人欢欢喜喜打个牙祭。

隆昌车站工地捷报频传。四川《工人日报》记者来工地采访。文章的标题就是“苦不苦，想想长征两万五——隆昌车站工地劳动竞赛侧记”。

就这样，隆昌车站工地成了发扬艰苦奋斗传统的生动课堂而远近驰名。有人就登门取经，请老红军选个口才好的人专门讲解。听说重庆曲艺书场的说书人徐勍，还把水田里修铁路的感人一幕编成一段评书，在解放碑露天坝里表演，听众多多掌声热烈。

·12.演员之死·

自从总队部从重庆白沙沱小镇移师内江后，生活和工作环境都大为改善。在白沙沱那阵，总队所有人马挤在一幢旧楼房里，顶上三层归部队，底下两层乡民杂居，有的人家还养有猪狗。有时我们在楼上开会，总队长正讲着话，楼下猪圈里的猪饿慌了就嗷嗷直叫。总队长只好打个手势——休息。为了活跃气氛，他还叫我打拍子指挥大家唱歌。我也当仁不让，连忙摆好架势喊声预备——唱，双手就随着歌曲的旋律上下舞动。不是自吹，我歌唱得不好，拍子却打得不差。这才艺是在军大期间一位学过乐队指挥的校友手把手传授的。等到我们歌唱完了，猪也吃饱喝足听着催眠曲进入了梦乡，我们再坐下来继续开会。这样有趣的小插曲不止上演一次。

总队住在内江友好路 2 号，是座前后两进的大四合院。总队首长和警卫员住在后院，前院留给各部门办公。进大门左侧有个套房，外面一间宽大些做了办公室，装有一部手摇电话。里面一间稍窄却很隐蔽，可放两张床，留给了我住。突然改变的优越条件，给了我从糠箩篼跳进米箩篼的惊喜。其他战友住集体宿舍，在大院外边的小巷深处。新的住处窗明几净，最宜读书。于是，我掏出挎包里那本《钢铁是怎样炼成的》，一字一句细读起来。

这本书的背后有个感人的故事。去年11月底，部队突然归建，总队首长召开紧急会议，我们团白团长和郭政委出席。担任会议记录的秘书王凤阁，早我一期毕业于二野军大，我尊称她校友大姐。每次去总队办事，只要时间允许，我都会去她那里坐坐。大姐鼓励我多读书，多向老同志学习。在这次紧急会议上，总队首长决定留下一名干部去新组建的筑路部队，而这个光荣任务最终落在了我的头上。散会时，白团长和郭政委正准备上马，王凤阁气喘吁吁跑过去，把两本书塞到郭政委手上："请您交给小孙。分别了，当大姐的留给他这两本书。"郭政委把书转交给我时说，王凤阁心情有些激动，眼里噙着泪花说，这一别不知何日再见。这两本书，一本是《钢铁是怎样炼成的》，另一本是《第四十一个》，都是最畅销的苏联小说。她还特意在《钢铁是怎样炼成的》书中一段文字下画了红线，让我熟记于心。这段文字是，人的一生应该这样度过：当回首往事的时候，他不会因虚度年华而悔恨，也不会因碌碌无为而羞愧。这样，在临死的时候他才能够说，我的生命和全部精力都献给了世界上最壮丽的事业——为人类的解放事业而斗争。我把它工工整整地抄下来，压在玻璃板下作为自己的座右铭。

一天中午下班时，我正准备去食堂打饭，突然接到赵中桥打来的电话。他哽咽着告诉我出大事了，竹筱影死了，掏哑炮炸死的。我头脑一下嗡嗡作响，听觉视觉瞬间变得模糊。让他重说一遍后才终于听得清楚，竹筱影处理哑炮牺牲了！我顾不上打饭，急忙去向两位首长报告。总队长回军区开会去了，只有政委在家。政委一挥手说：“走！马上去现场。”我忙在厨房蒸笼里抓了两个热馒头，夹上大头菜丝好在路上充饥。我问黄胡子军马怎样，他回答说喂得饱饱的。于是，我陪着政委快马加鞭直奔邮亭铺。

一口气跑到荣昌，差不多有了一半的路程。我们停下来吃点东西，也让军马歇口气。趁这时间，我向政委报告自己所知道的竹筱影。

竹筱影身世凄凉。老家远在江西，抗日战争爆发后家乡沦陷，父母不甘当亡国奴，背着他往四川逃难，在炮火的夹缝里匍匐而行。在战火中颠沛的孩子注定身体羸弱，好不容易走到长江边的酆都，小筱影贫病交加，实在走不动了就住下来。紧接着父母相继去世，小筱影成了孤儿。酆都地界民风淳朴，人们把《增广贤文》里“钱财如粪土，仁义值千金”“路上有饥人，广为行方便”当作金玉良言身体力行。小筱影就吃着千家饭穿着百家衣，艰难活下来一天天长大。他站在学校门外偷听，老师就拉他进课堂学习。而小筱影虽说体质瘦弱，却五官灵秀身材匀称。更为难得的是男生女相，且有一副好嗓子，特别喜欢唱歌。他站在长江边唱一句“高高山上一树槐”，打鱼的人就听得忘了撒网。“天生是一块唱川戏的好材料”，不止一个人这么夸他赞他。街面上有见识的长辈就合计，等长大点就弄他去学川戏吧，让他这辈子端上一个好饭碗。抗战胜利之后，人们敢出远门上重庆了，就人托人把他交给了大众游艺园的老板。他凭着唱戏天赋，没几年就受人追捧了。解放后大众游乐园歇业，他就报名来修成渝铁路。

我们赶到邮亭铺，赵中桥带人来街口接着我们。政委先去看竹筱影的遗体，吩咐我先去街上纸扎铺，看有没有卖花圈的。赵大队长回答说有。政委就对我说：“你去买两个花圈。一个写上总队司令部、政治部，另一个写总队长和我的名字。”邮亭铺纸扎铺生意很火，十里八乡都来订货。老板知道解放军不兴烧纸人纸马灵房子，没有好意思向我推荐。我拿着花圈快步奔住地而去。

政委给竹筱影献上花圈，率领我们向遗体三鞠躬。然后来到大队部听赵中桥汇报情况。赵中桥流着泪说是自己没有保护好竹筱影，站起身来向大家鞠躬，深深自责。接下来，他从竹筱影报名参加修路说起。

竹筱影是真名也是艺名。他在大众游乐园唱川戏是头牌，凡是有他挂牌演出的剧目都场场客满。比杂技、曲艺、书场的看客多得多。谁知刚刚解放，不知哪里刮来一股风，说川戏是歌颂帝王将相和才子佳人。老板听了吓得不轻，招呼都没有打一声就关门大吉。竹筱影随之成了无业游民。他向街道申请去修铁路，街道干部说他肩不能挑、手不能提，去不得。可一心要自食其力的他依然不死心，下定决心要去修路。打听到招收民工归市劳动局管后，就直奔劳动局蹲在大门口放声大哭：“我要去修铁路啊，我要去修铁路……”哭得像川戏里的“英台吊孝”凄楚感人。赵中桥接到报告后，跑来大门口探个究竟。一看是个披着长发穿着黑布衫的年轻女子，急忙劝道：“姑娘啊，我们第一批民工只收男的不收女的。如果下批收女的，我保证给你来个优先。”竹筱影一下站起来：“哪个是女的，哪个是女的？”赵中桥吓了一跳，倒退几步。竹筱影一把鼻涕一把泪指着自己的脖子说，这里长有喉儿包。赵中桥心里一怔，果然是男的。不过，说真心话还是不想收他。因为身体太瘦弱，完全是弱不禁风，到工地能干什么？但听了他一番哭诉也动了恻隐之心，不收他进来，让他流落街头？新社会不允许有人讨饭。心一横，大腿一拍，收！收下来再说。

赵中桥告诉竹筱影修铁路很苦，你吃得下这个苦，明天就跟我们走，如果吃不下苦你就莫来。竹筱影拍着胸口保证，决不给领导添麻烦，决不成为众人的累赘。赵中桥说那好，明天大田湾体育场集合，上午九点准时出发。

第二天一大早，赵中桥来到大田湾体育场。场内还是空空如也，突然发现看台一角蜷缩着一个人，仔细一看是竹筱影。忙问为何来得这么早，他回答说怕你反悔不要我了。老赵笑道重庆人说话板上钉钉，绝不拉稀摆带。竹筱影接过话头说我也是重庆人，也绝不拉稀摆带。又问老赵工地上可以唱川戏吗？老赵回答说：劳动时候不能唱，免得分心；晚上工棚里可以唱，活跃气氛。“那到了晚上我就给大家唱川戏。我体力不行白天劳动拖了大家的后腿，晚上给大家唱点川戏算是补过。”说这话时，竹筱影高兴得像个孩子，和昨天在劳动局门口判若两人。

竹筱影的铺盖卷和他人一样，就是一个细把把。但赵中桥还是动员队友发扬互助精神，轮流帮他背。他打着甩手扑爬跟斗跟在后面撵，总算没有掉队。老赵满心高兴，暗自夸道这娃还有点志气。

头一天工地上班，分队长问竹筱影是一根杠子两人抬，还是一根扁担自己挑，他选择了扁担一人挑。装泥巴的照顾他故意不给他装得太满，可他还是累得上气不接下气。他挑担子的姿势，活像“苏秦背剑”。老赵看了心里过意不去，决定给他安排个轻巧点的活路。

原先部队修路带的 TNT 炸药，是解放战争的战利品，威力大。现在民工修路需要自制土炸药。它用土硝和杠炭粉按比例合成。TNT 配有胶质导火索，土炸药要自己做引线。引线用韧性极好的“绵皮纸”制作。为照顾竹筱影，老赵安排他负责专做炸药引线。这活路坐在家里搓绵纸既不费力气，还雨淋不着、太阳晒不着。

引线的质量关系到放炮的效力。每张纸的接头处都必须天衣无缝。竹筱影为了保证引线万无一失，特地走访了附近山村开山厂的石匠，认真学习制作引线的诀窍。他做的引线长达 8 米，在地上点火试燃，嗤嗤作响一路不打顿。老赵心里一笑，把他招来是弄对了，否则这个活路还找不到合适的人来干。竹筱影一个人负责供应全大队的炮工引线，老赵在大会上多次表扬他。别的大队还上门来取经，竹筱影一高兴，“呜呜呜”哭了起来。

有一次我去工地，老赵特地领我去看竹筱影做引线。门上贴着“严禁烟火”几个大字。竹筱影可能从老赵口里听说过我，见了面一点也不怯生。我们坐下来摆龙门阵，他从祖先说起：“中国竹姓极少，可关于它的传说却很多。第一个传说：孤竹君是我们的老祖先，伯夷叔齐不食周粟，成为竹姓家风的一抹亮色。另一传说：一个婴儿生在竹林里，后随三根毛竹漂流，被人打捞起来，成为夜郎国的先民。传说归传说，有一点非常可信，竹姓本在北方，战乱中辗转颠沛来到了南方。有人提出将竹姓和竺姓合二为一，我们不同意。父亲为我取名竹筱影，盼望着能一代代传下去。我们一家三口从江西流落到酆都，这里山好水好人好。”说到这里他用手指蘸水在桌上写了个酆字，“这才是鬼城酆都的酆字，和豐收的豐字是两个不同的字，不能混淆。”

接着他自豪地说酆都是他的第二故乡，给了他深深的爱。最幸运的是他遇上一位秀才私塾先生，不仅不收一分钱的学费，还提供《唐诗三百首》《龙文鞭影》等线装古书教他诵读，书本上还配有精美插图。秀才溯本追源给他讲酆都鬼城，说酆都的文化历史有两千年之悠久。有文字可考的是唐代李白有诗句“下笑世上士，沉魂北罗酆”。酆都因李白的诗而扬名。苏东坡赴京上任，曾夜宿酆都，写有两首诗，其中一首：“足蹑平都古洞天，此身不觉到云端。抬眸四顾乾坤阔，日月星辰任我攀。”平都山尊为“名山”，乃苏东坡所赐。竹筱影感叹道，白居易、李商隐等大诗人在酆都都留有佳作，想不到酆都城的文化积淀如此厚重。秀才还说，不能认为鬼文化就是迷信。它以鬼喻事，以鬼说人，教化众生，弃恶从善，完全有它的存在价值。

竹筱影还说，小时候在酆都说鬼乃家常便饭，说鬼就跟说亲戚邻居家的事一样，不但一点也不怕，还觉得好耍。说酆都多少年前，就有这样的怪事，每到晚上卖东西的店家，都要在店门口摆一盆清水。买东西的客人不把钱交到店主手里，而是把它丢进水盆里。阳间人的钱丢进盆里浮在水面，阴间鬼的钱丢在水里，化成一包灰沉入水底……当然这是民间传说，不足为信，我也不信。但这个传说很美，有人说清明时节后人还是给祖宗烧点纸钱好，免得他们买东西时囊中羞涩。

晚上竹筱影给工友们唱川戏。他最拿手的有《断桥》里白素贞的唱段、《拷红》里丫鬟的唱段和《秋江》里小尼姑的唱段。开始是清唱，工友里会一点川戏的人出来“帮腔”，就是人们常说的“吼班脑壳”。五中队有人会拉川戏胡琴，赵中桥就把他们编在一个队里，逢年过节好搭台演出。

竹筱影呵护每根引线，就像呵护自己的孩子一样。主动给各个点送引线，轻拿轻放小心翼翼，免得中途受损。这天他给工地送引线，正好遇上一个哑炮没响，必须进行处置。最简单的办法，就是掏出炸药和引线，看毛病出在哪里。处理“哑炮”很危险，弄不好会发生意外。处理“哑炮”本来不关他的事，但他担心与自己制作的引线质量有关，就要亲自前去掏出引线看个究竟。工友们不同意他去，可他再三请求。大家拗不过，只得提醒他千万把细。

他俯下身用打炮眼用的挖耳，一点点往外掏引线和炸药，忽见炮眼深处火星闪烁，眼看哑炮就要爆炸，而四周围了一大群人，躲藏已经来不及了。就在这生死关头，说时迟那时快，竹筱影猛扑上去，用自己的身体压在爆炸点上，遏制住了炸药的威力。周围的人都得救了，他却献出了年仅 18 岁的生命！

听罢汇报，政委深受感动。他当即指示，召开追悼会，厚葬竹筱影。具体事务由我和赵中桥负责办理。通知每个中队派一名干部一名工友代表参加追悼会。在去买棺材的路上，老赵悄悄告诉我，竹筱影在游乐园当演员时，有一阵收入不菲，曾结交了一位女朋友，节衣缩食资助她家，她本人的日子也滋润起来。自从他来修路后，因为没钱寄给她就断了来往，对方连信都不回一封，为此他伤心了好一阵。赵中桥开导他说，凡是只认钱不认人的人，丢了都不足惜。等路修通了铁路上招人，总队领导说了，到时候量才推荐。我觉得你去车站当广播员挺合适，到那时还愁找不到个好老婆。他破涕为笑。

棺材铺老板帮助选了一口好棺材，已刷过一道漆的。老板说死者为修路牺牲他也要表示点心意，刷第二道漆不收钱。石匠也主动来请求，挑选上好石料刻通墓碑，同样一文不收。政委把撰写碑文的任务交给了我。我提出初步设想：中间一行大字“竹筱影烈士之墓”。右上角写出生年月日及牺牲时间。左上角写曾是一名川剧演员，修筑成渝铁路牺牲，作为他的墓志铭。左下角写西南铁路工程总队立。政委点头同意。

纸扎铺老板也跑来请求任务，追悼会会场由他来布置。会场设在邮亭铺可容纳千人的戏台坝子里。他还承诺，参加追悼会每人左臂上戴的黑纱，也由他免费提供。

政委要我写副挽联，贴在戏台两边的抱柱上。我思索片刻提笔书写。上联是“当川剧演员以苦为乐”；下联是“修成渝铁路虽死犹生”。

追悼会由赵中桥主持，他介绍竹筱影的生平和牺牲经过时，人群里传来低声啜泣。朱政委致悼词：司马迁说过人固有一死，或重于泰山或轻于鸿毛。竹筱影的牺牲比泰山还要重！这时哀乐齐鸣，张络耳胡亲自指挥，他是从大桥工地快马加鞭赶来的。

这一天，邮亭铺沉浸在悲痛之中。

13. 梅家山隧道

“梅家山隧道开工了！快去看热闹啊。”1951 年 3 月 6 日上午，内江市民喜形于色奔走相告，扶老携幼直奔隧道北口的坝子里。这里地势高视野开阔，可以俯瞰内江通衢大道上的如织人流。这天适逢惊蛰，春风送暖万物复苏，果然是个良辰吉日。

平日坝子里空旷寂寥人迹罕至。今天却因梅家山隧道开工而热闹非凡。空中红旗招展，地面人头攒动。横幅标语在明媚的阳光照耀下格外醒目：“梅家山隧道摆战场，突击队员个个是英雄汉！”“打通梅家山隧道，迎接成渝铁路全线通车。”

九点整，头戴安全藤帽、身穿蓝色工作服的 36 名青年突击队员，或肩扛闪亮钢钎，或手握重磅铁锤，像英武雄壮的战士，踏着军号吹奏进行曲的欢快节奏，迈着铿锵步伐，从山下向隧道口走来。吸引着无数温暖的目光，像纷飞的花瓣撒落在他们身上。一时间坝子里变得异常宁静，仿佛一根针落在地上也能听见声响。

罗总队长早早伫立在隧道口外，迎接突击队员的到来。今天他身着新军服，胸前佩戴了中原战役、淮海战役胜利纪念章。人们向这位老革命投去敬仰的目光，突击队员们踏步来到洞口前。总队长发出口令：立——定！队员们一个个站立如松，他将一面“青年突击队”大旗授予突击队队长。红旗在春风中猎猎飘扬，队员们举起右手，握紧拳头庄严宣誓：“我们是开凿梅家山隧道的突击队，个个意志坚如钢，千难万险只等闲，不打通隧道誓不还！”接下来，总队长亲自宣读西南筑路工程委员会发来的贺电。随后他高声宣布：“成渝铁路梅家山隧道开工！”顿时鞭炮齐鸣，锣鼓喧天，红旗飞舞，掌声雷动。

欢乐声中，从突击队员身后走出来一位中年人。他叫李荣贵，是梅家山隧道爆破组组长。只见他左手提着一个小桶，右手握着高粱秆扎成的一支如椽大笔，笔杆上还系了一朵大红花。大笔经他往小桶的石灰水里一蘸，立时就变成了一支白色火炬。李荣贵面对如削的峭壁，嘴唇轻轻嚅动，口中念念有词。然后神情凝重地在峭壁正中岩石上杵了一个大圆点，接着又在它四周杵了四个小圆点，峭壁上顿时如五朵白色梅花竞相绽放。这就是埋藏在他心底多年的“五梅花隧道爆破法”。随后他握着那支长长大笔在空中挥舞，上下穿梭如弄枪棍，博得一片喝彩。他的这番表演，让我记起了前几天去他那里时，看到他正埋头把一捆打磨得光生漂亮的高粱秆，绑扎在一根光滑的木棍上，很有几分像张飞手上的长矛。我当时就好奇地问他，笔杆用得了这么长吗？他狡黠地一笑，到时你就晓得了。此刻我终于明白过来，原来他是要握着长笔杆露出一手绝技。表演在喝彩声中戛然而止，随后他用唱河南梆子的腔调，长声吆吆高喊一声：“隧道开——锤——喽！”话音一落，突击队员们的五把铁锤便上下翻飞，准确落在插向五朵梅花花心的五根钢钎上。在火星飞溅的同时，叮当之声此起彼伏，不绝于耳。乡亲们在洞口看罢隧道开工仪式后，又急忙转身往坝子里赶，那里的文艺节目表演开始了。

为了给梅家山隧道开工营造声势，总队领导决定邀请市里文工团来现场表演节目。此事交由我办。领导再三嘱咐要付给人家出场费。谁知文工团团长听我说明来意后连忙摆手：“铁路修到我们家门口，我们理当慰问。我们派知名歌手参加演唱，分文不收。”就在我不知怎么处理和汇报时，此事已不胫而走，川剧团、曲艺团主动找上门来，要求同台演出。于是我只好作罢，只得和他们反复商量排出最优质的节目单。

没有舞台就演坝坝戏。为了方便演员化妆和休息，我们在坝子边上支了顶小帐篷，派专人给演员端茶送水。节目的上场顺序，则由通信员来回跑腿传达信息。

这是一场精彩的演出。文工团有男声独唱《歌唱祖国》，女声独唱《儿望槐花几时开》，男女声二重唱《把公路修到拉萨》。曲艺团有传统说唱节目《安安送米》，由山东快书改编的新派金钱板《一车高粱米换了一车美国兵》。川剧团更是拿出看家剧目——《滚灯》。这个小品极考验演员功力，平时不容易看到。演的是一个男人赌博成瘾，老婆为了让他戒赌，惩罚他头顶一盏油灯，从矮板凳下钻过去。整个表演过程中灯盏不能掉地，灯火不能熄灭，灯油不能洒出。有人笑说四川人的怕老婆便是由此得来。

总队政治部吴主任说我们自己也要出节目，和地方上相互交流嘛。这下我可着慌了，急忙求教卫生科刘科长，心想他手下女兵多，总会找出个把会唱歌的能人嘛。刘科长自己平时就爱哼几句，他不假思索便回答，桂湖街医院护士小刘歌唱得好，上得了台面。我随即请他通知小刘抓紧排练。刘科长反馈信息说，小刘提出需要手风琴伴奏。这个要求虽然非常合理，但也让我有些作难。总队机关只有宣教股沈股长有架手风琴，是他自己的，业余时间拉一拉，自娱自乐而已。沈股长是位新四军老革命，满脸严肃不苟言笑，平时很少和人打招呼。幸好他是江苏盐城人，和我认过老乡。我觍着脸去求他，他给足我面子。胸口一拍：小事一桩。

演出时，小刘的节目穿插在中间。她先唱《南泥湾》再唱《蓝花花》，谁知谢幕后观众不让她下场，拍着巴掌一直高喊："再来一个！再来一个！"只见她愣愣地站在那里咬着嘴唇，我怕她没有准备，真为她捏了一把汗。忽见她扬头笑着向大家一躬身，那就唱支苏联歌曲《喀秋莎》吧！顿时全场热烈鼓掌，还有人吹起了口哨。人群里纷纷交头接耳："工程总队有人才啊！不但能挖隧道修铁路，歌也唱得盖了帽儿。"听到赞声一片，我心里乐滋滋的。

事后刘科长跟我说，他要好好犒劳下小刘，便私人掏腰包请她和沈股长上民乐大厦去吃“砂锅鱼头”。我听了吓一跳，这可是内江市历史悠久的名菜，一般人望而却步。刘科长平日里生活俭朴，关键时刻却慷慨大方，这就是老八路的可敬之处。他问我参不参加？我说这种事人宜少不宜多。他点头一笑说那倒是。

节目表演完毕，总队留演员会餐。后勤从乡下买来大肥猪，特地请来市里饭馆的名厨掌勺。罗总队长陪演员共进午餐，朱政委喊上我跟突击队员一起吃饭。政委笑着对他们说，你们个个都是种子选手，不久的将来就要像种子一样，撒向沿线各个隧道。全线有 40 多座长长短短的隧道，你们还不够分呢，还要组织突击队的第二梯队……我在旁边听了后心里一乐，活路又来了。

梅家山隧道开工典礼胜利落幕，悬在心里的那块石头总算落地。我长长松了一口气，回到寝室倒头就睡。直到有人在我耳朵边吹了口热气，大吼一声：“太阳晒屁股了还不起来！”我才从梦中惊醒。睁开惺忪睡眼一看，原来是政委的警卫员小黄。他说今天下午重庆的记者要来采访梅家山隧道的事，特别是那个“五梅花爆破法”。政委让你好生准备准备。我心头一乐，记者真的有千里眼和顺风耳，连“五梅花爆破法”都传到他们那里了。我得把这件事的来龙去脉好生说给他们听。

成渝铁路共有 40 多座隧道，除了龙泉山脉的柏树坳 700 多米外，其余的都不太长。但正是这些或长或短的隧道，成了一个个拦路虎。原因何在？因为部队没有打过隧道，民工没有见过隧道。领导说必须寻找到一个突破口，像当年战场上打仗那样。经过一番深思熟虑，突破口选择在内江市区的梅家山隧道。领导交给我一个紧急任务，尽快在民工中间物色到会打隧道的人。

我一下神经就绷紧了，夜不成寐思前想后。忽然想起和赵中桥的一次闲聊，聊到了李荣贵，说他会打隧洞。他是河南人，年轻时不务正业，从老家流浪到东北，解放前夕又从东北流浪到重庆。和一群流浪汉在公共厕所旁放叉头扫把的屋子里栖身。动员修路那阵，劳动局的干部一天到晚走街串巷，不放过每处公厕，不错过每个流浪汉。他们看见李荣贵蓬头垢面，胡子拉碴，年龄还不小，就互相交换个眼色，算了。弄起去了也是个包袱。李荣贵见势不妙，扑爬跟斗撵上去大声说："我不老，差几个月才35岁，我修过铁路会打隧道。"干部连忙转身问他此话当真，他对天发誓，说哪个哄你是乌龟王八，边说边用手指比画乌龟爬行的动作。就这样，他才来到了工地上。

脑袋里有了目标，第二天清早我就骑马上永川，去赵中桥那里寻找李荣贵。听我说明来意，老赵坐下来更为详细地给我再次介绍。此人年轻时好逸恶劳，在家学会了偷鸡。撒几颗米在地上，鸡一吃米就乖乖地被他捉走，他再把偷到的鸡拿到烧鸡店卖钱。邻居对他投以鄙夷目光，他不以为耻反以为荣，经常向人炫耀：世上哪行哪业都有祖师爷。孔子是念书人的祖师爷，鲁班是木匠的祖师爷，黄道婆是纺纱织布的祖师爷。我们偷鸡这行也有祖师爷，那就是梁山好汉时迁，偷鸡的本事可大啦，身轻如燕能蹿上房梁。“梁上君子”的绰号因此而得，在梁山好汉里排第 107 位。

由于战乱和天灾对河南叠加，牲畜越来越少，鸡越来越不好偷，弄不好还偷鸡不成蚀把米。家乡混不下去了就闯关东，在日本人手下当劳工，修铁路打隧道，皮鞭之下学到了一些本领，“五梅花爆破法”就是那时学来的。他的技术不肯轻易示人，因为当时流传一句话，教会徒弟饿死师傅。他坚信不疑。说到这里老赵叹息说，老马不死旧习难改啊，前天晚上又在工棚里鼓吹时迁是他祖师爷，说自己当年偷鸡如何如何了得。偏巧第二天房东的鸡不见了，自然有人就怀疑到他，要他坦白交代。这下他可慌了神，当众对天发誓，说如果他偷了鸡遭雷劈，还咬破手指歃血发誓，从此再不认时迁这个祖师爷，再不说偷鸡摸狗的事。后来经过调查终于搞清楚，这个鸡的确不是他偷的。

老赵最后问我，像李荣贵这样的人还能不能用？我回答说能用，当然能用。领导说了，我们用他的一技之长。他之所长正是我们之所短。老赵对他还是有点信心不足。叹口气说他干活偷奸耍滑，爱贪小便宜，喜欢冲壳子，说话有展移。我拍着老赵的肩膀说：“他的这笔账应当记在万恶的旧社会头上，旧社会是个大染缸。现在流行一句话：旧社会把人变成鬼，新社会把鬼变成人。精诚所至，金石为开！他纵然是块冰冷的顽石，我们也要把它放在胸口上焐热。你和我共同做番努力，看能不能把李荣贵这块废铁变成好钢。”

老赵说：“要得，俗话说得好，二人同心黄土成金。我们就来演一场拯救李荣贵的双簧。”他找了一处僻静树荫，树荫下恰好有块光滑的石头可以当桌子。石桌上放了半瓶烧酒和一盘油酥花生米，花生米还冒着香气。眼下这两样东西都金贵，老赵一定费了点力气才弄得来。我先坐在那里等着，不一会儿他领着李荣贵走来。李荣贵中等个子、体形单薄，额头上有一道道皱纹，眼珠直转四下张望，一看就是个精明人。老赵郑重其事地介绍我：“这位是总队孙参谋。领导听说你李师傅打过隧洞，特地让他来找你见个面。孙参谋和我都不喝酒，这酒和花生米都是专门为你准备的。”

李荣贵扑通一下跪在地上，扇了自己两耳光后放声大哭：“我李荣贵不是人，管不住嘴打胡乱说，在大家面前丢人现眼。”我和老赵吓了一跳，老赵连忙拉他起来。他哽咽着说要痛改前非，重新做人，领导有事尽管吩咐。老赵笑着说：“领导要请你出山，当打隧道的技术指导。”他破涕为笑，急忙打了个立正，向我和老赵鞠躬。然后端起石桌上的酒杯，仰起脖子一饮而尽。抹了抹嘴说打隧道的事包在他身上。边说边拍胸脯。

我笑着说就等他这句话。接着又给了他一个定心汤圆：“你长期以来心里有个顾虑，那就是教会徒弟饿死师傅。你一直笼罩在这个阴影里走不出来。这句话适用于旧社会，现在时代不同了，你教会了徒弟，不仅不会饿死你这个师傅，还要给你请功，更不会铁路通车后再遣送你回家。领导特地让我带信给你，下一步民工转正条件很严格，你年龄或许超过了坎。到时可以特事特办，前提是你必须做出有目共睹的成绩来，否则难以服众。”他听了再次扑通下跪，说领导的恩情这辈子还不清了，下辈子做牛做马再还。

事先已和老赵做了分工，哪些话由我开口哪些话由他来说。老赵给李荣贵斟上酒，问这酒味道怎样？他竖起大拇指说真资格烧酒，老作坊烤的。老赵半开玩笑半认真地问他想不想喝？他说想呀，这么好的酒哪个不想喝。老赵接着说：“想喝就好办，关键看表现。根据隧道挖掘的进度和安全情况，突击队员每月给你评议一次，评为优良奖励三斤烧酒，评为良好奖励两斤。”李荣贵眼珠骨碌一转说：“我月月争取优良，不光是为了喝烧酒，更是为了得个好名声。”

接下来的李荣贵，变了个人似的。说起“五梅花爆破法”如数家珍。中医书上的药方，因病人的病情不同要有增有减。“五梅花”的大小和深浅也是如此，因石质而异、因地形而异、因雨季旱季而异。他建议把“五梅花”炮位的分布，炮眼深度和角度的变化，每天都记录下来。这些数据，对下一步即将开工的隧道大有用场。

“五梅花爆破法”让梅家山隧道导坑掘进势如破竹，南北洞口将在预定时间贯通，称之为南北口“会师”。总队决定在贯通那天召开庆祝大会，沿线即将开工的隧道派人参加，他们当中有管理干部和突击队员代表。正在忙着架设沱江大桥的张络耳胡，近来捷报频传，心情舒畅，专门成立了业余军乐队。乐队有 10 把小铜号，10 个小号手，有模有样。隧道贯通那天他带着军乐队前来祝贺。领导说既然张络耳胡他们来了，就不必再惊动地方上的文艺团体。

贯通的时刻到了，人们在洞外坝子里凝神静气等待。梅家山隧道深处最后一组排炮响过之后，会师的欢呼声从洞中飞出来。洞外顿时军号齐奏鞭炮齐鸣。张络耳胡指挥军乐队演奏《歌唱二郎山》，余音直冲霄汉。李荣贵不请自来，自告奋勇演个节目，清唱家乡的河南梆子《穆桂英大破天门阵》。他一人唱男女两个角色，穆桂英唱得缠绵悱恻，杨宗保唱得婉转情真。大家啧啧称赞，说想不到他还有这一手，真是令人刮目相看。

洞里的烟雾散去，人们一片欢呼涌入导坑，和突击队员紧紧拥抱，如他乡遇见亲人。接着看突击队员在边墙上做打眼表演：二龙戏水、鹞子翻身、釜底抽薪……根据不同的地形，他们施展不同的抡锤技巧，让人佩服得五体投地。

又一个庄严时刻到了。第一梯队的突击队长把红旗交给第二梯队的突击队长，大家向梅家山隧道行礼告别，转身奔赴新的隧道工地，心中默默念叨我们绝不给梅家山丢脸。张络耳胡的军乐队奏响“送战友上战场”的乐曲，每个明亮的音符都在大家心头缭绕……

14. 两个劳模

一夜之间千树万树百花齐开。山坡脚下、房前屋后绿得发亮的柑橘树上繁花如雪，空气中弥漫着一股淡淡的幽香。清晨，我从内江城里骑马奔史家乡工地。马的鼻孔不住地往外喷气，有点像人打喷嚏，不知它是不是花粉过敏？而我，却感到花香沁人心脾，令人神清气爽。

所以要大清早赶往史家乡工地，是因为昨晚接到内江大队干部的电话，说民工萧光瀚因单人冲眼钢钎淬火时遭受挫折，情绪低落唉声叹气，女朋友给他送去好吃的也不吃。他们知道萧光瀚是我新结识的好朋友，让我赶过去帮他解开心结。

萧光瀚是内江民工大队一中队的民工。初中毕业，是民工队里为数不多的学生。读书时成绩中上却有点偏科，语文是全班第一，物理在前十名，数学差些大多时及格，偶尔要差上一两分。因此他不想升读高中，报名前来修路，他身材魁梧、膀粗腰圆，猛一看像个举重运动员。中队干部很喜欢他，把他介绍给我时很骄傲地说，不仅他自己来修路，还把同班女同学李毅新也动员来了。民工队没有女宿舍不收女工，就留下她当文化教员，教民工识字唱歌。从农村来的民工大多不识字。军区发布命令开展扫盲运动，包括民工在内，都要限期脱盲。

不料这事却给萧光瀚带来了麻烦。李毅新的父母来到大队部兴师问罪，要当面责问萧光瀚，为何鼓动他们的女儿放弃升学，和他一起来挑泥巴，安的什么心？扬言要把女儿领回去。大队干部为了不把事情闹僵，让萧光瀚先躲起来，再好言好语劝他们回去。谁知他们见不到女儿就不走，气氛越来越紧张。萧光瀚躲在草堆后面，急得像热锅上的蚂蚁，生怕李毅新的父母把女儿拉回家去。他横下一条心，想冲出来和她父母当面锣对面鼓讲道理。就在这时，有人告诉他我在大队部，他喜出望外跑来找我，连声说你是解放军，又是总队部来的，快出去表个态，说李毅新就是不能走，这一招一准管用。大队干部也在一旁敲边鼓，说我出面最合适。事到如今我也只好挺身而出了。我之所以答应出面，并非满足萧光瀚的个人请求，这件事还涉及民工队伍的纪律性。民工队不是街边栈房茶馆，想来就来想走就走。必须旗帜鲜明地表态，李毅新不能走。以绝后患。

从萧光瀚口中得知，李毅新父母是资中的大户人家，书香门第，父亲一度还在丛龙山文管所工作过。我想好了，和他们见面当避其锋芒。于是就绕个圈子由远及近，从成渝铁路的往事说起，从腐败无能的清政府说起。因为这段历史四川人民刻骨铭心，资中人也身在其中。当年清政府强行把铁路收为国有，百姓血汗钱买的铁路股票成了废纸，激起民怨沸腾，有志之士在罗泉镇集会共商对策。这时昏庸的朝廷派大臣端方来四川镇压保路运动。他下榻资中，激起群情愤怒，把他拉到天后宫宰了，然后连夜杀向成都，上演了辛亥之秋可歌可泣的悲壮一幕。历史作证，四川百姓为修建成渝铁路付出了生命的代价。如今时代不同了，众多年轻人踊跃前来修路，正是为了完成先辈的遗愿。

说上面这段话时，我不时用余光看他们两位的表情，他们平心静气，偶尔还点下头。我感觉火候到了，便打开窗子说亮话：“李毅新和萧光瀚放弃升学来修铁路，参加新中国的铁路建设，是一件特别光荣的事情。”接着我又旁敲侧击，“有的人认为只有升学读书才有前途，如今新社会行行出状元。在这里我可以向你们透露个消息，下半年要挑选一大批民工，转正为铁路正式职工，编入西南铁路工程总队。工程总队是铁路人才的储备库。等铁路通车了，车站和列车上需要大量人员，那时根据每个人的表现和特长，由总队推荐，绝不埋没一个人才。”

他们听到这里再也坐不住了，起身告辞。说刚才言语不当多有冒犯，孩子能来民工队是她的造化。他们前脚一走，萧光瀚后脚就飞叉叉跑了，他激动地去给李毅新报信。

虽说李毅新留下来了，可萧光瀚身上的压力依然未减。父母再三叮嘱女儿，要和萧光瀚保持距离，他们家是做小生意的，街头提篮小卖。在那样的家庭里成长起来的人，不会有好大的出息。箫光瀚听了什么也没有说，拉着李毅新月光下对天发誓。此生不做出点名堂誓不为人。

萧光瀚是工地上的炮工，负责打眼放炮。原先的操作有点原始，一人掌钎一人抡锤。抡锤的高高举起铁锤，对准钢钎猛砸一下，执掌钢钎的就转动一下。如果遇上特坚石，钢钎就直溅火星，震得虎口破皮。两个人使出吃奶力气，一天也就打个十来米的炮眼。萧光瀚决心改进它。他从农村用木棒揩墙的动作中受到启发，不用二锤敲击，直接握着钢钎利用其自重，对岩石进行冲击打出炮眼。这一奇思妙想，果然带来奇特效应。一天一人能冲炮眼十多米，还没有原先那么吃力。大家一合计，为它取名“单人钢钎冲眼法”。

红炉师傅提出改进建议，把锥形钢钎头改为刀刃形。这样一来接触面更大，也比锥形更加锋利。一试，果然冲眼速度大大加快。萧光瀚乐不可支，高兴得要请红炉师傅喝烧酒。谁知好景不长，刀刃形钢钎遇上坚石、特坚石，“咣当”一声脆响，尖头就断了。再试，再断。钢钎顿时就成了无用的烧火棍。箫光瀚心急如焚，情绪一下就蔫了，茶不思饭不想。连李毅新赶来看他都不理。大队干部电话上找我，要我去帮他解开心里的疙瘩。

单人冲钎的成败，关系到整个工程的进度，领导派我去共商良策。我来到史家乡工地，把马拴在柑橘林旁边。这里花香四溢，马却不再打喷嚏。这下我就放心了，原来它不是花粉过敏。今天星期天，工地上休息，多数人都去史家乡街上赶场了。我远远看见萧光瀚坐在工棚外边石头上拉二胡。侧耳一听，拉的是刘天华的《病中吟》。虽说弓法指法还不十分娴熟，倒也不像让人嘲笑的“杀鸡杀鹅”那般刺耳。见我来了，他收起二胡叹了口气说，实在不行就改回去，还弄成原先的锥形。我立刻摆手说，“莫要这么泄气。先给你念两句古诗‘山重水复疑无路，柳暗花明又一村’。读过吗？”他点头说好诗。我接着说，“今天给你带来了‘又一村’的好消息，想知道不？”他着急得脸红筋胀：快说！快说！我便把大足民工大队长舒辉的话，一五一十转告他。舒辉刚刚来这里走马上任。为刃口断裂的事，专门去请教了当地红炉上的大师傅，著名大足菜刀的传人。他们胸有成竹地说毛病出在二次淬火上。“那就快点请他们来这里教我们呀！”萧光瀚在失望中看到了希望。

大足师傅带着红炉，正在往这里赶哩。红炉是耐火泥做的，既笨重又脆弱。一路上弯急坡陡，不小心磕碰一下就会裂纹。舒辉特地从黄包车队挑选出 20 个人，他们都曾经是山城拉黄包车的老把式，风光过。派他们用驾车送红炉和风箱，两人拉中杠，四人拉飞蛾，六个人轮换着拉。他特别叮嘱在荣昌境内的帽子山路段，有急弯陡坡标识，要倍加留神。过了那个大下坡，就进入了内江地界的平地。萧光瀚一听，心里乐开了花：“师傅们来了，我让李毅新办他们的招待。因为她是文化教员每月都有津贴，不像我这个穷鬼。”我心里一笑，纵然李毅新父母手上有根大棒，也休想打散这对恩爱鸳鸯了。

大足师傅的技艺令人叫绝。钢钎头在炉膛里烧得红里发亮后，以迅雷不及掩耳之势在铁砧上猛敲猛打，如一阵疾风暴雨，眨眼工夫锥形钢钎变成刀刃，再往水桶里一杵，响声和白雾齐飞，清脆悦耳。这时他从容地举起冒过头顶的长钢钎对萧光瀚说："再硬的鹅卵石你使劲对着冲，刃口只会钝只会卷口，绝不会断。如果断裂我立马卷铺盖回家，再也不干这一行。"当场就有几个红炉师傅，"扑通"一声跪下来拜师，求他收下自己当徒弟。一看这阵仗，这顿拜师酒不能让李毅新请。我赶忙向领导汇报，拜师酒以总队的名义办。让我意想不到的是，李毅新不声不响跑回家，拿来一坛埋在地窖里的老酒。她父亲听说箫光瀚正在忙单人冲钎的事，笑着说还有一坛先留着，下回用得着时回来拿。

回到总队，大队干部天天向我报告萧光瀚的新纪录，从一天单人 30 多米，飞速达到 70 多米。正当我为萧光瀚创造的纪录兴奋时，从川北民工支队传来一个好消息，民工颜绍贵的单人钢钎冲眼纪录突破了 70 米。我忙向领导汇报，把颜绍贵请过来，和萧光瀚相互交流，取长补短。然后开个现场会，把这项成熟的新技术在全线推广。

川北民工支队和我们毗邻。他们负责修资阳到成都路段。到了他们那里，耳濡目染感触颇深。川北行署所辖的县市，无一处与成渝铁路毗邻，更莫说接壤了，而他们派来的民工队伍最年轻最有文化。连偏僻的仪陇县都派来一个中队百十号人。行署领导说派民工出来修路，一是学习技术和专长，二是学习新观念。颜绍贵是川北民工中的佼佼者，初中毕业生，读书时成绩就特别优秀。

颜绍贵善用巧劲，操作起来显得比萧光瀚更协调、更省力些。而且冲眼日纪录达到 77 米，略高于萧光瀚。萧光瀚虚心向他讨教，他毫无保留地相告。从此他们二人你追我赶，他们的“单人钢钎冲眼法”迅速在全线遍地开花。

萧光瀚和李新毅要结婚了。喜讯先从史家乡内江民工大队传出。我很快收到请帖，通信员说请帖是萧光瀚本人送来的。日期选择在成渝铁路重庆内江段通车的第三天，即 1951 年 12 月 23 日。正好是冬至又是星期天。请帖很讲究，全都是印的烫金字，亮晶晶的。不像文具店卖的那种，外皮上印个红双喜，内瓤子全要自己用笔填。包括新郎新娘的名字、结婚地点和日期等，弄得花眉花眼的，没这个受看。我猜是李毅新父亲亲手操办的。领导说你不能空着手，总得带份礼去。我找后勤申请了一副绣花枕套和一对枕巾，它是当年最时尚的结婚礼物。领导又说：“是不是太轻了点，他现在是我们的劳动模范、标兵，又是成渝铁路第一对结婚的新人，要送份大礼才对。”领导没把话说完，留半句让我说。我眉头一皱计上心来，忙说让张络耳胡带上乐队来参加。领导笑着说，这才拿得出手嘛！

告诉张络耳胡让他带乐队参加婚礼，一向嘻哈打笑的他，头一回愁眉苦脸说，当兵的对婚礼庆贺就是十足的门外汉，没有经历过，再说也没有适合的曲子，难度很大。我说这是领导交给的任务，没价钱可讲。他顺势将我一军，你找到曲子我就干。我去撞大运，在新华书店音乐架上，在无人问津的书堆里，找到了一张《婚礼进行曲》，派人连夜送去。幸好沱江大桥早已架完，他们正在王二溪大桥安营扎寨，做铺轨的前期准备。在这个空当里，正好有充裕时间练习。络耳胡鬼点子多，建议增添“迎亲”仪式。萧光瀚跟随吹吹打打的乐队，去到附近的“娘家”，把李毅新迎娶过来。这样一来，女方的父母更觉脸上有光。

萧光瀚执意让我当“证婚人”，推不脱。我特意带去了两枚“路徽”。萧光瀚、李毅新双双转正，他们做梦都盼望戴上它，由于转正的人多，“路徽”制作工艺繁复，一时供不应求。我近水楼台，找后勤处领来两个连号的。主持婚礼的司仪临时加了一项，为新郎新娘佩戴“路徽”。这时张络耳胡指挥乐队奏响《婚礼进行曲》，把热闹的婚礼推向了高潮。

后来萧光瀚送了我一张结婚照。那时没有婚纱照之说，两人并排坐着，照相师傅喊一声头挨拢点，咔嚓一下就照好了。

说完萧光瀚该说颜绍贵了。他们同是民工，一个在川北一个在川南，相隔数百里互不相识。而他们的发明创造竟然如此相似，可谓是不谋而合。他们当时的成就，或许是印证了“卑贱者最聪明”的论断。他们两个同时转正，同时进入工程总队，同时被评为全国劳模。我一直与他们保持密切联系。直到那夜奔赴朝鲜战场才戛然而止。

让我做梦都没有想的是，在朝鲜战场上竟然和颜绍贵不期而遇。这次奇遇，成为一段难得的战地佳话。

1953 年冬天，贺龙元帅率领中国人民赴朝慰问团慰问志愿军。作为铁道兵战地记者，我住在中线第五师，从这里往两边走都方便。何辉燕师长给了我一项光荣任务：接待祖国亲人。一看名单有登高英雄杨连第的父亲，为救朝鲜落水少年牺牲的英雄罗盛教的父亲，修筑成渝铁路的全国劳动模范颜绍贵。忙向师长报告保证完成任务。太巧了，颜绍贵我认识。师长哈哈一笑说被他猜中了。在战地他乡遇见故人，简直是千载难逢的好事。有人建议让我去陪川剧演员陈书舫一行，他没有同意。他说让我陪这几位是个难得的好题材，写篇战地通讯争取上《解放军报》。

告别了师长后，我加快脚步去找颜绍贵。他们住在山洼洼防空洞里。不巧那天发电机出了故障，我摸黑找到了他们住的防空洞，一片漆黑看不清里面的人影，只得在洞口朝里面吼一声：颜绍贵请出来，有人找你。瞬间洞子里人声鼎沸一片嘈杂。哪个？哪个找我？颜绍贵的声音飞出洞来。这是我很久很久没有听到的乡音。

借着天空朦胧月色，我认出了颜绍贵，一下扑过去抱住他，说我是孙贻荪啊。“哎呀！是孙参谋啊，想不到在这里见到你！”他一边说一边用巴掌拍我的背。几行热泪滴在我脸上。他向大家讲了我们一起修路的经历，博得一片热烈掌声。川剧《秋江》里演艄公的著名演员周企何，即兴表演了一段川剧助兴。优美的唱腔响遏行云。

当时朝鲜室外气温零下 40 度左右。演员在后台身着演出服等待上场，虽说给他们披上军用羊皮大衣，还是冷得瑟瑟发抖。部队专门给他们生了几盆炭火御寒。演出时慰问团成员坐舞台一侧，颜绍贵主动担当照顾杨老伯的任务。这里四面灌风，比后台还冷，也生了取暖的炭火盆。杨老伯执意说演员衣衫单薄，让颜绍贵把火盆端给演员。谁知演员又把火盆送了回来，颜绍贵用眼神向我求助。我连忙对杨老伯附耳说，火盆是师长的一片心意，他才点头接受。我和颜绍贵心里暖暖的。

慰问团离开那天晚上，风雪大作，颜绍贵要我在他本子上留句话。我想好了一句“异国战场遇亲人，亲人祖国记心间”。谁知钢笔冻得流不出墨水，字写不成形，我和他双手握住钢笔，对着钢笔哈气。哈口气写几个字，再哈再写。终于写成了。他举着本子高喊写成功了！写成功了！

若干年后回忆起这段往事，觉得非常有趣，一心想找到颜绍贵。在好友曾从技的热心帮助下如愿以偿。他在贵阳铁路分局车辆段当工会主席。很快把那夜风雪中我给他的留言复印寄我。看得出笔迹极不流畅，断断续续。他附言说正因为笔迹不流畅才更有价值。我将它珍藏。

回国后，听说萧光瀚和李毅新申请去了兰新铁路。我多次托人打听他们的下落，始终没有下文。每当怀念他们，我就捧出萧光瀚和李毅新的结婚照片，捧出在朝鲜写给颜绍贵的那几行歪歪扭扭的丑字，看了一遍又一遍。

15. 民工轶事

心里推敲了好一阵，终于落笔写下这个题目。辞书上说“轶事”就是不见于正式记载、鲜为人知的趣事。我是和民工最早接触的一员。军工部队归建的那夜我奉命留下，形单影只走向了民工队伍。在一年半的风风雨雨里，在505公里的各个工地上，见证了一群纪律涣散生活散漫的无业游民，怎样逐步演变为一支以劳动为光荣、以筑路为己任的产业大军。这个变化，不能不说是新中国的辉煌一页。

民工中的趣闻轶事，如一缕缕清泉注入心田。它们曾让我的生活无比快乐，我不时为他们感到自豪。在这里依据时间顺序记录下来，倘若他们的后代有幸读到，一定会仰望星空默默地说：我骄傲！我们有着这么光荣的先辈。

扫盲运动

政委从军区开会回来找我去谈工作，简明扼要讲了军区扫盲工作会议的主要内容。首长在作动员报告时引用了“没有文化的军队是愚蠢的军队，而愚蠢的军队是不能战胜敌人的”这句话。为了打胜修建成渝铁路这场大仗，部队即将在民工大军中开展声势浩大的扫除文盲运动。会上文化教员祁建华介绍了他的“注音速成识字法”。会议要求师以上单位成立扫盲办公室。我们总队由政委亲自挂帅当主任，给我安排了一个副主任的差事，负责日常工作。我心里一阵发笑，心想真是应了通信班几个调皮鬼对我的评价——“拿钱不多管事不少”。

政委给我布置任务：一是尽快招募 100 名文化教员。教完文化课他们就留下来转正，对文化水平、政治条件、身体状况都必须严格把关。二是对文化教员进行专业培训，学习注音速成识字法，请祁建华本人亲自来讲课。可听说邀请他讲课的日程早就排得满满的，政委皱着眉头说，这个先生怕是不好请哟。

“我去试试，说不定我还真能请得动哩。”我自告奋勇向政委请命。政委知道我不是信口开河的人，就等着我说下文。我给他汇报了不久前的一件事：“军区召开胡征挺进大别山长诗《七月的战争》发布会，是你派我去参加的。当时我对诗词还是一窍不通就不想去。你鼓励我说去了不说别的，哪怕多认识几个文化人对我也有好处。谁知去了那里果然大开眼界，结识了很不容易结识的文化名流，还得到一本刘伯承司令员题写书名的胡征诗集。会上认识了胡征、雁翼和祁建华。祁建华当时负责会务。临别时除了在日记本上相互赠言外，还留了电话号码。”说到这里心里冒出一股豪气，麻起胆子说我有八成把握。政委说那就太好喽，了却他一桩心事。我接着给政委提了个条件，说到时你要派吉普车去接祁建华。政委点点头说理所当然。

结果是我还真把祁建华请动了。那天太碰巧，在军区林荫道上遇见雁翼。他得知我的来意，就带着我去见文工团团长。建议由军区文工团派一名歌唱演员和祁建华同去，教大家唱“速成识字歌”。识字的要诀全都写在歌词里。

这一下民工队可热闹了。祁建华在这边工棚里培训文化教员，那边工棚里民工们学唱“速成识字歌”。唱着唱着学生们就高涨了情绪，倒过来一个劲儿催老师赶快开课。

民工白天出工晚上扫盲。三个月为一学期，学会认 2000 个字，写一篇 300 字的作文，就算初级班毕业。学会 2500 个字，写一篇 400 字的作文，就算中级班毕业。政委安排我出作文题，我就让每个学生写一封家信。由教员逐篇改错字后，学生自己誊抄后寄回家。最后由老师点评，得分最高的前几名获奖，奖品是一支新华钢笔。

我们的扫盲工作紧张而有序推进，最后被评为推广祁建华识字法的先进单位，受到上级通报嘉奖。

家属探亲

1951 年底火车通到内江之后，总队领导提出民工家属可以来工地探亲。现在工地上的生活状况比一年前好多了，有条件接待家属。这个举措，对稳定队伍的情绪大有好处。总队决定先在赵中桥大队试点，我就和老赵拟定了个初步方案。规定前来探亲的必须是直系亲属，一次人数不限(父母配偶子女可同来)，时间限制在 10 天以内。到达当日和离队那天的两顿饭由中队办招待，要求弄得汪实一点，不能吃得舔嘴抹舌，让人家嘴上不说心里嘀咕小气。家属来了没有住处，由民工本人找老乡临时租间房子，租金和来回的车船费栈房费，均由大队财务报销。领导同意了我们这个方案，但在实行过程中却出了点小状况。民工和配偶双双住进老乡家里，老乡提出要挂红。老赵有些犹豫怕被说成是迷信。我对老赵说挂就挂，入乡随俗这不算迷信。不挂红人家犯忌，以后不肯再

通过内江车站的第一列火车

租，路就堵死了。这话老赵赞同。有些偏远山区的家属，因水灾公路受损不通汽车，只好步行而来，途中歇栈房没开票，怎么办？这点小主我来做。按走路天数给予生活补贴，栈房钱以他们提供的金额如数报销。总之，不能让家属贴钱。

家属们来了一看，领导和同事对他们如待亲人，感动不已，哪里还闲得住。有的提出去厨房帮厨，有的提出上工地送开水，有的提出帮单身汉缝补衣裳……年轻点的体力好的妇女，还要求和丈夫一起上工地挑土打夯。说这些活路在家里不是没干过。回到乡间，等火车通了的那天，也好向邻居们炫耀几句，说这火车坐得心里踏实，因为自己也在铁路工地上出过力流过汗。

家属探亲的事情，很快就声名远播。有未婚妻提出要来工地结婚，我和老赵开始并没有想到这一点，只好打急抓。在老乡家里结婚肯定不合适，老赵建议用竹子和茅草搭间临时新房，可这劳神费力不说，工程一完队伍立马开拔，丢下了岂不是浪费。我就向后勤申请了一顶小型棉帐篷，供新人结婚专用。我把它交给老赵，嘱咐他日后工地转移千万别忙中丢失。老赵哈哈一笑说，凡是需要用帐篷结婚的，必须先在我这里来登记。

自从家属来工地探亲后，老赵他们全大队劳动效率猛增。领导笑夸这就是精神变物质的生动事例。老赵私下对我说从有家属来探亲开始，晚上工棚里的龙门阵和笑声就没有断过。大家摆得最起劲的段子是，他们大队有父子俩各在一个中队，婆媳两个手牵手跑来探亲，再手牵手回家。不久，父子两个几乎同时接到家信。婆婆在信上说怀上了，媳妇也在信上说怀上了。你说好笑不好笑，你说喜庆不喜庆。

捐献飞机大炮

民工白天劳动，晚上学政治学文化。朝鲜战争爆发后，总队领导对民工的时事教育抓得更紧，朱政委吴主任亲自上大课。上大课在操场坝子里，每人有根小板凳。如今领导做大报告，不再用那铁皮做的土喇叭筒。不久前军区配置了麦克风和扩音设备，这一来无论是讲课的还是听课的，都觉得多了一重精神享受。

今天是政治部吴主任上大课，他让我先指挥大家唱歌。我领着大家唱了一支旋律动人感人肺腑的抒情歌曲。歌词如下：

炮火震动着我们的心，
胜利号角鼓舞着我们。
志愿军战士英勇无比，
他们当中有黄继光和邱少云……

吴主任是讲大课的高手，生动的语言极富鼓动性。今天他讲朝鲜战场敌我形势，讲志愿军战士雪地里一把炒面一捧雪。他讲得绘声绘色，给人闻其声如临其境之感。民工们听了个个热血沸腾，有人就振臂高呼，打倒美帝国主义！抗美援朝，保家卫国！

正在这时，抗美援朝总会向全国人民发出倡议，号召各行各业用实际行动向志愿军捐献飞机大炮。川北民工支队盐亭中队发出倡议，每天下午收工后继续劳动。多挑一方土、多夯一方路、多炸一方石……用义务劳动产生的价值，捐献给国家购买飞机大炮。

民工下午 6 点收工。司号员早早提着双铃马蹄表在山顶上站立，目不转睛地盯住时针。时间一到，他举起小铜号就吹，可吹出的不是收工号而是冲锋号，发起猛攻的冲锋号。他先面对东边吹，转身再面对西边吹。吹得山鸣谷应，号声响彻云霄。这时的民工个个如猛虎下山，肩上挑着重担奋力奔跑，嘴里放声高喊：“你前方我后方，齐心打败美帝野心狼！”打夯的、开石头的齐声响应。其声如八月十五月光下的钱塘江狂潮，在 505 公里的工地上汹涌澎湃，振聋发聩。余音和夕阳的余晖相拥，久久不散。每当此时，乡亲们就在路边驻足观看，深情地感叹道，他们真有点像原先修路的解放军。

一根扁担闪悠悠，担起两个小篼篼

倡议书上规定义务劳动半小时。可是奔跑中的民工们，群情激奋的民工们，如一支支离弦的箭，嗖嗖飞向前方哪里停得下来。每当到了此刻，值班的中队干部就咬着口哨长吹一声：收——工——收——工！这不是哨声而是命令。命令一发出，沸腾的工地顿时归于寂静。

聚沙成塔，集腋成裘。十万民工每日的捐献行动雷打不动，积累的财富肯定可观，至于能否买到一架喷气式飞机，我们算不出来，或许只差一步之遥，或许已经超额完成。有人给这架未来的飞机取了个名字，叫作“成渝铁路号”。众人都夸名字取得巴适。更有人发挥想象，还编成一段评书，名曰“成渝铁路号打败黑妖婆”。“黑妖婆”是志愿军对美国飞机“黑寡妇”的蔑称。幽默的评书，听得大家哈哈大笑。

立功创模

立功创模活动略早于捐献飞机大炮的倡议。1951 年早春时节，在民工中轰轰烈烈开展。这两项活动波澜壮阔，深入人心，是修建成渝铁路史话中闪光的一页，是人们茶余饭后最乐于摆谈的龙门阵。

立功创模活动如春夜一场好雨。萧光瀚、颜绍贵等英模人物如雨后春笋破土而出。正当我向他们投去敬佩和赞赏的目光时，永川大队长舒辉来电催我去他那里。他们大队出了个谢家全，在放炮上琢磨出了新名堂。他觉得大有推广的价值，就邀我快来看看。

在大队部见到了谢家全，他是永川太平镇人，在家读过几年私塾，一口气背得完三字经。他见了我有点怯生但不木讷，开口三分笑。我问他怎么琢磨出“压引放炮法”的，他说三言两语抖不伸展，须得让他放开来从头说起。

太平镇属丘陵地带，山坡上遍地皆竹。谢家全世代都是篾匠，以编笆篓箩筐为业。而一个笆篓一个箩筐，怎么也得用好几年，靠它吃饭就只能饱一顿饿一顿。谢家全脑子灵活，看见夜行人打黑摸，亮油壶经风一吹就灭，就从中窥见到了找钱的门路。他选用上等慈竹做成纤藤杆。做得总比别人家的长，更比别人家的密实，燃烧的时间就更长。因为既经济又实惠，所以大家都买他家的，还给他取了绰号叫“谢纤藤”。

人各有志，谢家全不甘心当一辈子篾匠，盼望着有一天能走出太平镇，到外面的世界去闯荡闯荡却苦于无门。1951年开春之后，镇上号召青壮年去修铁路。听到消息他把篾刀一甩，因用力过猛把猫儿吓得惊叫。身上围腰也忘了取下来，一口气跑到街上挤进人堆就报名。然后托人把围腰带回家，转告父母说自己修铁路去了。镇上给新民工们戴了大红花，敲锣打鼓送他们到民工队。谢家全激动不已，对送他们的干部说，我谢家全绝不给太平镇人丢脸。

报到后，民工队干部问他有何特长，他毫不迟疑地说会装炸药放炮。干部说这个活路很危险，他回答得干脆，危险活路总得有人去干。

从装炸药点炮那天起，谢家全就觉得哪里有点不对劲。效果总是雷声大雨点小，炮的响声大炸下的石头少。到底哪里不对劲，谢家全一时说不上来。躺在铺上心里想着，迷迷糊糊就睡去。忽然被一声炮仗惊醒，原来是梦回童年。太平镇过年家家放炮仗，小孩个个玩炮仗，谢家全玩得花样百出，出人意料。他喜欢在炮仗身上糊一坨黄泥巴，炮仗一响黄泥巴满天飞；再就是在炮仗身上压半截砖块，"轰"的一下炮仗威力就大了好几倍。

梦中醒来的他猛然悟出，是引线身上的压力不够。最初他把引线夹在麻秆里，但麻秆容易破裂，纵然压上再多的泥巴和石块，压力依然没有增大。他又想到竹子。永川竹子的品种多，他采用韧性好竹枝细的一种，用烧红的铁丝把竹节打通穿入引线，然后覆盖上泥土，果然爆破的效果大增。药量比原来减少了三分之二，爆破效率却提高了一倍还多。舒辉他们反复斟酌，给这一科研成果取名叫"谢家全压引爆破法"。

舒辉陪我去工地，近距离感受"谢家全压引爆破法"的威力，果然是石破天惊。我连夜赶回总队向领导汇报。回去要穿越一段没有人迹的险恶山路，那一带时有土匪出没。舒辉担心我的安全，劝我莫走夜路。我说来的时候做了准备，马背褡子里有支德国造小马枪，足以防身。

三天后总队长在永川大队召开现场会。沿线选派炮工前来观摩。总队长怕来的人学走了样，决定让谢家全率领他的爆破组，巡回去各工地示范表演。"谢家全压引爆破法"不到一个月就在成渝铁路各工地上全面开花。谢家全的事迹有人画成连环画，登上了重庆的《新华日报》。经过专家计算，

“谢家全压引爆破法”为国家节省了大量炸药。

1952年召开全国劳模大会。工程总队的谢家全、萧光瀚、颜绍贵被评为乙等劳模。谢家全的名字排在他们两人之前。

民工转正

民工转正是成渝铁路建设史上的一台重头戏。

早在民工陆续到达工地之初，各级领导都曾明确表示，将来随着铁路事业的发展，民工中的一部分人将转为正式员工，留在铁路上工作。到那时头戴大盖帽，身穿亮晶晶的铜扣制服，胸前佩戴一枚闪闪发光的路徽。用四川话来形容，一下子就行势起来。这件事究竟影响有多大，下面这个例子会告诉你。下川东来的一个民工在老家找了对象，女方不要一分钱彩礼，说等你转正穿上铁路制服那天，我们立马成亲洞房花烛。此类佳话又何止这一个。

盼星星盼月亮，终于盼来转正这一天。

吴主任是老政工，为人宽厚，善为群众着想。作动员报告时他说，转正这件事毕竟不是皆大欢喜，总会有人欢喜有人愁。他反复阐明转正的几条硬杠杠：年龄18岁至30岁，身体健康，具有高小以上文化程度或扫盲班毕业，工作期间一贯表现积极，本人没有历史污点。凡在立功创模活动中，获得支队或地方县级以上荣誉称号的，在同等条件下优先转正。他强调转正程序首先必须是自愿申请，再由群众公议，最后大队审批。群众公议这个环节一定要襟怀坦白，不能无中生有诬陷他人。吴主任派我去舒辉大队蹲点。我心头隐隐感到压力。

原先的黄包车中队现在的四中队，300余人个个身强力壮，吃得苦耐得劳，大都符合转正条件。忽然一张不具名的纸条递到了舒辉手上：他们有人嗨过袍哥算不算污点？舒辉是土生土长重庆人，知道旧社会底层人嗨袍哥，图的是混口饭吃而已。既然有人反映那就请示领导。世上没有不透风的墙，此事很快就传到四中队民工们的耳朵里。他们着急得像热锅上的蚂蚁，纷纷来到老舒面前，请求领导明察。我当即电话上向吴主任报告。领导马上开会研究，明确答复此事不影响转正。吴主任来电时已近午夜。我和舒辉借着月光走进工棚，向他们传达了领导的回复。他们听了后从铺上齐刷刷一跃而起，有的用筷子敲碗、有的用木棍敲洗脸盆，还有人敲响工棚的竹柱子。伴着响器发出的悦耳共鸣，他们同声高唱“解放区的天是明朗的天……”

常言道按下葫芦浮起瓢，一波刚平一波忽起。又有人打小报告给舒辉，说还有人背着梆梆枪当过土匪，这该算历史污点了吧？舒辉给我看了下名单，人数还不少哩。舒辉问我怎么办，来之前领导给我交过底，鉴于四川解放前后的特定环境，部分群众受蒙蔽当了几天土匪，只要没欠下人命债，一般不予追究。前提是必须在这次群众评议会上，主动坦白交代，若有隐瞒另当别论。舒辉又仔细翻看了名单说，都交代过，连偷人家一只鸡都坦白了的。没有啥子问题，你到时按政策审批。

蹲点期间，我抽空去看李荣贵。听说自从公布了转正的硬杠，他就情绪不高唉声叹气。按照规定他年龄超过了一岁多，人又显老，都说他已经四十开外。平时人缘又不怎样，怕评议时过不了关。我鼓励他在班会上多作自我批评，态度诚恳点。至于年龄嘛，领导上会特事特办，你的“五梅花爆破法”在沿线推广，你是总队劳模，领导上会特事特办。他叹了口气说在旧社会待久了，有些老毛病只能慢慢改，请领导再给一次机会。

转正工作顺利结束。转正和没有转正的各自编成中队。没有转正的，绝大多数是因年龄和身体的原因，所以没有人抱怨。这项工作，基本做到了留下来的开心，离去的无怨言。没有转正的依然继续修路到通车为止。

分别前夕召开联欢会，转正的和没有转正的都互赠礼物。大家含着热泪依依不舍。此情此景，传为佳话。

16. 蓝田日暖

早春二月，一场春雨淅淅沥沥下个不停。枯槁的禾苗一夜转绿，山间水声潺潺，四野充满生机。不过，这场雨也给铁路施工带来了不少隐患。于是，我奉命雨后出巡。听说蓝田工程师率领的测量队正在向乱石滩进发，离成都已经不远，我决定去看看他们。

半路上特意在简阳老牌坊下马，为的是吃碗牌坊面。这碗面，是蓝田工程师特别向我推荐的。他说从重庆来成都的过客，都喜欢在这里歇个脚打个尖吃碗面。因为这家馆子的面特别好吃又没有招牌，大家就叫它牌坊面。年深日久，牌坊面就成了简阳一块没有招牌的响亮招牌。蓝工提醒过我，说面的味道虽好，数量却少得可怜，你一定要喊老板来个“双碗”。即使是双碗，恐怕你个小伙子也只能吃得心欠欠的。

牌坊面果然名不虚传。幺师像川戏里的吼班，长声吆吆地唱道：“一碗免红（不放辣椒油），一碗青重（多放豌豆尖）。”轮到喊我要的面时就更安逸喽，尖起嗓子一口气唱出：“双碗一份，汤宽提黄免红青重嘞——”为何又比别人多了提黄二字，原来我看见他人碗里的面有点绒，便对幺师说我的面煮硬肘点。提黄是幺师跟灶上打招呼的暗语。面刚过心就得用笊篱捞起来，因为是碱面捞得早面色微黄，故喊作提黄。由此可见，四川人语言丰富多彩、妙趣横生。

心满意足吃了牌坊面，给马也添了青饲料。人和马都精神百倍，向着蓝工的测量工地奔去。老马识途，不用扬鞭自奋蹄。坐在马背上，不由得回忆起不久前和蓝田工程师相识的一幕。

1951 年元旦节到了，西南铁路工程局在重庆嘉陵新村举办文艺晚会招待苏联专家。赵健民局长打电话给罗总队长，邀请他前去出席。总队长在电话上请示赵局长，说他想带着我去见见世面。局长用山东话高兴地回答好嘞。于是我随总队长坐吉普车来到嘉陵新村，虽说这里离繁华的两路口不远，却异常安静没有喧嚣。嘉陵江的涛声如迷人的小夜曲，声声入耳。演出前大家先在会客厅小憩。蓝田工程师先我们而到，总队长把我介绍给蓝工，说我是二野军大学军事专业的，出校门不久，不太懂铁路工程，请蓝工多多指教。只见蓝工身着笔挺西装，领带上还亮着一枚别针。上装口袋里露出洁白手帕的两个尖角，像英文的 V 字，一双皮鞋擦得锃亮，一看便知是位饱学儒雅之士。听人说他已年逾花甲，我不敢相信。当年那些年满 60 岁的人，已龙钟老态，窝在家里含饴弄孙、颐养天年。蓝工不一样，常年在铁路沿线栉风沐雨、披星戴月。看那两道炯炯有神的目光，倒像个精力旺盛的中年人。

大家坐定，蓝工从口袋里掏出个精致小盒，取出两张名片，一张双手递给总队长，另一张顺便给了我。递赠名片在当时是交际场中的最高礼遇，蓝工此举让我这个小参谋受宠若惊。不一会儿苏联专家走了进来，礼节性相互问候。翻译陪苏联专家喝咖啡，我们则喝茶。茶几上一盘怪味胡豆又酥又香特别好吃，重庆人喜欢用它来下茶。演出快开始了，我们去礼堂。路上蓝工悄声对我说有事尽管去工地找他。从此，我与蓝工成为忘年之交。

策马进入山地，马蹄踏在乱石铺就的崎岖山道上，发出一种怪异的声响，有点令人不寒而栗。走着走着，忽见几个行人站在小路当中，挥舞着手势提醒我，说前面崖壁上飞下石头，砸伤了测量队的人，砸坏了仪器。我闻之大惊，忙抽了坐骑狠狠一鞭。人在马上颠簸，视线有些不清。隐约看见前面有个人坐在地上，像抱着自家孩子那样紧紧地抱住一台仪器。山风传来叹息声："都怪我老了不中用了，没有保护住你啊。"啊，是蓝工！我急忙翻身下马，将他从地上扶起，他似乎惊魂未定。

蓝工拧开随身水壶仰头喝了口水，缓了口气就给我讲起刚才发生的一幕："今天测量乱石滩。这一带岩石风化破碎乱石狰狞，像一群孤魂野鬼，乘人不备出来兴风作浪。我给大家先打预防针，来到这里是如临深渊如履薄冰，务必排除一切杂念心无旁骛。眼睛放尖点、耳朵放长点。眼睛看仪器，耳朵听飞石。切不可顾了这头忘了那头。队员们个个点头照我的话去做。可是，刚刚立好三脚架，正准备装上经纬仪，忽听到飞石从悬崖上呼啸而下。几个人不顾一切从不同的方位奔向同一目标——经纬仪。或差半步或迟几秒，人未到石头先来，不偏不倚重重砸在仪器箱上。砸出一个窟窿，仪器受损变形。”刚才拦马人说的有人砸伤，是个误传。

蓝工深深自责：“唉，腿脚不灵喽，哪怕早几秒钟赶到，扑到它身上或许它就能躲过这一劫。如今说什么都晚了，它是德国蔡司经纬仪呀，国家用外汇换来的宝贝。”站在一旁的队员劝他，说德国造的仪器精美结实，说不定只是砸破了表皮，内瓤子还没有坏。不如送成都的仪器公司检测一下，说不定就是一个有惊无险呢。这话点醒了蓝工，他要队员们赶快去找毛定原毛处长。毛定原是成渝铁路元老，成都刚一解放，就和老红军黄新义搭班子，组建成都工程处(中铁二局前身)，负责管理资阳、简阳、成都三个总段。他任处长黄任书记。蓝工顺势趴在地上，给毛处长写了一封求助信。

蓝工毕竟是年过花甲的老人，在地上蹲久了，站起来有点力不从心，他竭力装出若无其事的样子。待他拂去满身尘土，我才看清他的一身装束。此时的蓝工，与不久前在重庆嘉陵新村的蓝工完全判若两人。只见他脚蹬翻毛大头皮鞋，腿上打着蓝色绑腿，腰上还系了一根腰带，腰带上有个挂钩。见我惊讶打量自己，蓝工哑然一笑，随口说道“赳赳武夫”。这是诗经上的一句，我忙接上下句“公侯干城”。他摆手说不敢当，“赳赳武夫”倒是眼前生动的写照。

从经纬仪送往成都检测开始，蓝工的心就一直悬着。回到住处依然心绪不宁，不时倚门远望。傍晚时分，终于有人在坝子里喊，仪器回来了，坐小汽车回来的。蓝工三步并成两步，冲上前去拉住送仪器小伙子的手就问，仪器怎样?

小伙子笑眯眯回答:“毫发无损。只是箱子砸坏了。幸好有备货就换了一个。”

蓝工悬着的心落了地，高兴地留我夜宿，给我讲述了他这代人的传奇经历。蓝工祖籍广东长乐，移民来到四川郫县，世居郫筒镇。因离成都近，受新思潮的影响，立志读书救国，说得具体点就是铁路救国。四川为何积贫积弱，因为交通不便，因为没有铁路。因此他选择了报考唐山铁道学院，也就是现在的西南交大前身。毕业后来到成渝铁路。主动担当起测量选线的任务。他说:“选线决定着一条铁路未来的命运，是铁路的‘准生证’，意义非同小可。我义无反顾选择了它。”

说到眼前的成渝铁路，蓝工无比自豪地说:“今日之状况，称得上前无古人，绝对前无古人！至于后有无来者，我相信会有。长江后浪推前浪嘛。且不说别的，单说这边勘测、边设计、边施工、边铺轨、边通车，简直就是一个人间奇迹。只有新中国才能办得到。世界上其他国家无此先例。”经他一语道破，我心中豁然开朗，自豪感油然而生。不由得想起《钢铁是怎样炼成的》中所写:“每当回首往事，不因虚度年华而悔恨。”

这夜蓝工谈兴甚浓。由于他学识渊博，洞明世事，加之语言诙谐，同样一句话从他口中说出，便别有一番滋味。他说："一名铁路勘测队员必须具备与洪水猛兽和毒蛇作斗争的勇气。如今猛兽少了，当年勘测成渝线，就在永川一带大山里见过老虎，是花纹很好看的一种。时过境迁，虽不见老虎了，毒蛇依然不时出没，不可不防。幸亏我有个贤内助，她亲自选用上等布料为我缝制绑腿，按照我脚掌的尺码，去一家劳保用品工厂，定做了一双轮胎底大头翻毛皮鞋。穿上它就像舞台上演员的靴子。虽说笨重但确实管用。有一次一条'青竹飚'毒蛇企图偷袭我的腿脚。我眼疾脚快，抬起大头皮鞋一脚踩在它的七寸上，周围人惊呼好胆量。"

"我回家把这次经历告诉内人，她心有余悸，就特别留心看报纸上的小广告。一天在报纸中缝上看到，江苏南通'季德胜蛇药'，无论蛇的毒性多大，只要以最快的速度把药片嚼烂敷在伤口上，就会立即消肿止痛，再无生命之虞。她赶忙跑去采购，给测量队每人配备一盒'季德胜蛇药'，并叮嘱我务必转告大家，蛇药随身放在口袋里。后来这蛇药不仅救过勘测队员的命，还救了驻地附近一位农妇的命。"

第二天蓝工早起，约我在农家小院杏花树下喝茶。我不由得想起故乡的杏花春雨江南景象。老宅的那株杏树该是"一枝红杏出墙来"了吧。蓝工喝的是蒙顶山茶。虽是著名好茶，可惜我却喝不来，寡苦。

蓝工告诉我，昨晚他彻夜未眠，辗转反侧，几回被噩梦中的飞石惊出一身冷汗。想起当初立志选线，就是要选为民造福的好线。乱石滩一带地质太差，铁路傍山而行，纵然眼下修通了，也可能会给以后的运营管理留下无穷后患。如果雨季连续发生塌方断道中断行车，勘测选线者岂不遭后人唾骂。

“因此我有个大胆设想，成渝铁路不走山路十八弯，绕过乱石滩，裁弯取直，直奔龙泉山去成都。当然这只是一个初步设想，等回到办公室集中大家的智慧，反复计算、慎重推敲才能确定。其中最难最难的是，走龙泉山就必须打隧道，恐怕还是一个不短的隧道。一说打隧道大家就头皮发麻，担心误了工期，赶不上‘七一’通车。贻误国家大事。”蓝工的这番话道出了拳拳赤子之心，苍天可鉴。我感到自己人微言轻，帮不上他任何忙，只能默默祝福他，一心静候佳音。

时隔不久，春光越发明媚。我第一次来到成都。蓝工听说我来了，托人送信给我，让我去他府上。他怕我人地生疏打不到山势，信上还附了个详细的路线图，特别标明到了北巷子一直往前走。北巷子的名气大。往前走便是通锦路，而知道通锦路的人不多。路的右边有排宿舍，蓝工就住那里。哪一幢哪号门牌，都标得一清二楚。成都分东城西城，我住东城之东的东升街，蓝工家住西城之西的通锦路。去他家我得穿个通城。军人不准坐黄包车只能坐马车，幸好当时马车尚未绝迹。马车不准走春熙路，怕屙下马粪不雅。车夫听说我没到过成都，特意穿小巷上了春熙路，信马由缰，任我在马车上东张西望。街上的老广东、烂招牌、亨得利等铺面目不暇接。我满怀好奇东张西望，很有点像刘姥姥进了大观园。

蓝工怕我找错门，早早就在门口等候。他今天身着鱼肚白长绸衫，脚穿圆口布鞋，给人“飘飘乎如遗世独立，羽化而登仙”的神秘感。书房里更是陈设雅致，映入眼帘的是杜甫七律《登楼》联句：“锦江春色来天地，玉垒浮云变古今。”乃当代书法大师之墨宝。中间是一幅郑板桥的竹子。蓝工不抽纸烟，在工地上也不抽烟。可此刻他却手捧银质水烟袋，含着烟袋嘴“咕噜咕噜”地吸吮，水烟壶里发出奇妙的共鸣声。蓝工吐出烟雾，用纸捻指着壁上书画说：“在抗日战争的兵荒马乱时期，人们只顾逃命。把这些名人字画摆在路边贱卖。包括手上的水烟袋，我都是捡到了相因。”

蓝工知我幼读诗书，略通文墨。在年轻人中尤其是现役军人中不多见，故有提携之意。今天他的心情格外舒畅，首先信心十足地告诉我，改线方案已经上报西南铁路工程局。准备放弃原来出成都后往东北方向走，沿沱江经姚家渡、赵家渡至乱石滩，改为从龙泉驿直走石板滩。缩短线路23.8公里，增加一座柏树坳隧道，全长600多米。现在是诸事俱备，只等上级审批。

蓝工今天特别高兴。特意搬出留声机压上一张老唱片。留声机放出了我耳熟能详的阿炳二胡独奏曲《二泉映月》。蓝工把它作为背景音乐，在如泣如诉的乐曲声中，低声朗诵李商隐的《锦瑟》：

锦瑟无端五十弦，一弦一柱思华年。
庄生晓梦迷蝴蝶，望帝春心托杜鹃。
沧海月明珠有泪，蓝田日暖玉生烟。
此情可待成追忆，只是当时已惘然。

朗诵完全诗后，蓝工眼里噙着热泪说：“父亲因读这首诗触发灵感，为我取名蓝田，希望我成为一块生烟的良玉。如今碌碌半生，有负先人厚望，真是惭愧呀。”

我忙说：“蓝工不必过谦，你是你们那一代人中的先知先觉者。”此话绝非奉承，而是由衷的仰慕。那天早晨蓝工在农家小院杏花树下，给我讲的那场惊心动魄的保路风暴，又清晰浮现在眼前。

那是一段血雨腥风的日子。当腐败无能的清政府悍然把民办的川汉铁路股权收归国有，将路权拱手让给洋人时，四川百姓愤怒了！成都百姓愤怒了！人们奋起请愿。蓝工投身了史无前例的保路运动。当刽子手赵尔丰向仁人志士举起屠刀时，蓝工毫无畏惧，冲在请愿队伍的前面，大声呐喊与路共存亡，并机警地去锦江河畔发出“水电报”……

蓝工爽朗一笑，打断了我的回忆。只见他仰望着窗外的天空大声说：“成都人终于就要听到火车的汽笛声了。我们可以告慰辛亥秋牺牲的先烈忠魂了！”

望着蓝工捧着水烟袋缓缓踱步的背影，我心中若有所思。假如蓝工是一本大书，一定是部留传后世的成渝铁路活词典；假如蓝工是一棵树，必将生命常绿；假如蓝工是一条小溪，必将润物无声。

不久，成都铁路工程处军代表刘志坚，受赵健民局长的委托，在通锦路召开蓝田改线方案研讨会，各路专家云集。总队长罗崇富带着我从内江赶来参加，我是第一次看见这么大的阵仗。毛定原和黄新义竭力支持改线方案，说这样做是百年大计质量第一。但有人站起来反对，反对的理由特别充分有力。要在这么短的时间里，打通600多米的柏树坳隧道，简直就是异想天开。到时候影响“七一”全线通车，谁来承担这个责任，恐怕都承担不起！不如暂且“先通后备”。所谓“先通后备”，就是先行通车再行完备。不知谁发出一声感叹，就怕通车后没有让你完善的机会了。

双方唇枪舌剑各执一词，会议形成了僵局。看看天色已晚，罗总队长突然甩去身上披的军大衣，站起来大声武气说道：“听了一整天，尿胀了憋不住了，说了再去上厕所。我双手赞成蓝田工程师的改线方案，只有如此才能不留遗憾。柏树坳隧道我们来打，在此当众立下军令状，如果影响‘七一’通车，我自己戴上手铐上军事法庭去坐监牢！”话音刚落，全场掌声雷动。蓝工快步跑到罗总长面前，紧紧握住他的双手激动地说：“我代表勘测总队全体同仁向你说声谢谢，向你领导的隧道突击队员说声谢谢！”蓝工今天穿的是铁路制服，胸前佩戴着闪光的路徽。

晚饭后，我送蓝工回家。由于过于激动，他眼里始终噙着热泪。我走在他身边禁不住低声吟唱“沧海月明珠有泪，蓝田日暖玉生烟”。仰望着天空的彩云追月，蓝工也随口吟诵：“但愿人长久，千里共婵娟。”

此时的蓝工，像一位满腹经纶的教书先生。

17. 激战驷马桥

罗总队长在蓝田改线方案会上，拍案而起、语惊四座，许多人对他刮目相看肃然起敬。其实，这是他的一贯作风。当年挺进大别山穿越黄泛区，他主动请缨担任先头部队。进军大西南驻军泸州，他本是川南军区后勤部部长，听说要修成渝铁路，便再次主动请缨，率领民工筑路队筑路。

总队部的人马连夜从内江移师成都，住庆云南街 92 号大院，这里也曾是名人宅第。绿树葱茏草木葳蕤，窗明几净且不闻车马之声。就连我这个参谋，也单独有了一间极为幽静的办公室。总队长在会上骄傲地说：“如今不再是小米加步枪的时代。办公条件有了改善，打隧道也要一样，不能光靠钢钎二锤敲敲打打、慢慢腾腾。我们要来他个鸟枪换炮——用机械代替人工。”有人就问机械在哪里？总队长回答很风趣，说他也不知这些机械具体放在哪个位置，但肯定是有，就藏在民间，等待着我们去寻找。接着他说：“重庆民生轮船公司经理卢作孚，大家听说过吧。抗战期间兼任四川省交通厅厅长，多次来成都谋划。说未来战局难料，狡兔尚有三窟，当未雨绸缪，储备些挖掘机械，将它们分散藏于民间，以备不时之需。当年有约定，凭他亲笔信可取走这些东西。昨天有专人送来信函，信里提供了当年经办人的姓名和存放东西的地点。现在是时过境迁，不晓得当年的经办人还在不在？”总队长手上拿着的信，用的是最讲究的十行纸，并且是用毛笔写的。信在手上一晃，发出清脆悦耳之声，鼻子一嗅似乎还有一缕墨香。总队长把手上的信一扬：“一纸值千金啊！这就是我们的寻宝联络图。这事交给孙参谋去办。”

于是我像当年花木兰替父从军那刻一样，忙得脚不沾地，跑遍通城。城东寻觅空压机，城西去问风钻，南郊访司机，北郊求风钻手。它们相互间没有联系，现在去把它们一个个“唤醒”，组合成一支攻坚克难的隧道施工队。总队任命舒辉担任柏树坳隧道机械队队长，负责所有机械的使用和维修保养。此人原本是兵工厂的车间主任，这些事情对他来说就是轻车熟路。

那天我去成都工程处找到毛定原处长，取回了请他书写的“柏树坳隧道”五个大字，让石工刻好嵌在隧道的洞口。毛处长不仅是工程专家，还是位书法家，研学颜鲁公功力深厚。总队长见字笑着说：“我不懂书法，外行也就看个热闹。这字写得敦敦笃笃，像他人一样胖乎乎的、笑眯眯的。”总队长拿来相机对准作品拍了几张，让我送《川西日报》发表，借此告诉大家柏树坳隧道正乘胜挺进。他特意叮嘱我，说发表照片不署他的名。

我们迈着匆忙的脚步跨进了1952年。元月28日是大年初一，部队不过旧历年。总队长原先内江的邻居，给他带来内江特产蜜饯橘红冬条瓜砖。他让我把蜜饯分成三份，一份给蓝田工程师，一份给毛处长，还有一份留着开会时摆在桌子上请大家品尝。

春节过后成都阴雨绵绵，寒气袭人。总队长腿上残留的弹片，这几天也兴风作浪，折磨得他走路都有点吃力。警卫员削了根竹拐杖递给他，他却说拄着它有损军人形象，双手反剪站着要松活点。站在驷马桥大填方施工图前，总队长紧蹙眉头久久不语。过了好一会儿才扭过头对我说："按照我们民工队伍的素质和我们军事化的管理，95天时间里完成750万方大填方，本来不在话下。可眼下这鬼天气，天天下毛毛雨。再下下去耽误了工期，要误大事啊！"说着说着，窗外的雨点却更加密集起来，着急的总队长一把拉起我："走！我们去驷马桥工地，找块平地支个帐篷现场办公。你跟我一起去，咱们和工人同甘共苦，路基不完成不回来！"

我们驻地有篮球场和排球场，隔壁的四川广播电台女同志多，她们很喜欢打排球。我们便主动把排球场让给她们使用。这一来二往的，大家就彼此熟悉了。临出发前，我找到电台气象预报组组长，咨询天气预报的事。她告诉我，省气象台目前还没有预测两个月天气的能力，5天左右的观测比较准确。她建议我们每隔5天派人去她那里取一次天气预报。

这个主意在后来的施工中果然起了很大作用。根据比较准确的 5 天天气预报，我们提前布置。大雨小干、小雨大干、无风无雨加油干。施工完全做到了心中有数，主动权牢牢掌握在自己手里。通车后总队长还特意提醒我，要给电台预报组姑娘们制作一面锦旗，请张络耳胡吹吹打打、热热闹闹地给她们送过去表示衷心感谢。

我们到工地的第三天下午，出了这样一件事。一个民工用锄头挖土时被一块死人骨头戳伤胫骨破了点皮，流血也不多，他响应“轻伤不下火线”的号召还在干活。幸好我路过那里及时发现，忙和两个民工一起扶着他坐上总队长的吉普车，直奔平安桥铁路医院。路上，我严肃地告诉他们，得了破伤风弄不好是要死人的。他们才面面相觑紧张起来。到了医院，正好碰上刘新年院长站在门口，他听我说了情况忙催促大家抓紧处理，并亲自上台做了手术。

术后几天，受伤民工就痊愈出院了。后来刘院长还专程过来看过他。刘院长说幸好那天送得及时，幸好还有两支盘尼西林。他曾在白求恩大夫所在的医院工作过，他说白求恩只顾救别人却忘了自己，最后因伤口感染又没有特效药物医治而不幸殉职。他有些好奇地问我怎么对破伤风会如此敏感，有的病人就因为对它忽视，失去了救治的最佳时机。我回答是在军大课堂上学到的。

这一天天朗气清，总队长心头的阴霾也为之一扫。心情好了话自然就多起来，他悄悄问我这里的工程叫作驷马桥大填方，为何只见填方不见桥。我用手往旁边不远处公路上一指，那不是桥吗？总队长手搭凉棚朝我指的地方细看，啊了一声，点点头说这座桥修得好漂亮，很像有些年辰了。

总队长这段时间为雨发愁，忧心忡忡、寝食难安，今天好不容易有点好心情，我便迎合着他，简单讲了司马相如和驷马桥的一段佳话。“驷马桥是成都北门门户，通往西安的必经之地。原名升仙桥，传说有个张道士在此羽化升仙。汉代有位大文豪叫司马相如，没有发迹时默默无闻，和卭崃的名门之秀卓文君相爱，私奔成都开酒店。他的一篇《子虚赋》偶然被远在西安的皇帝读到，极为赏识便召他进京。路过升仙桥时，他对着桥的廊柱发誓，他日不乘驷马高车回来就不从桥上过。后来理想果然实现了。驷马指的是四匹高头大马拉一部豪华车，是高贵身份的象征。由此升仙桥便改成了驷马桥。”

总队长听罢哈哈一笑：“成都人自古以来就很浪漫，不像我老家的人总讲什么三从四德，男女授受不亲，说明他们敢于追求美好生活。这个故事很励志嘛，我们不妨也来个古为今用，号召大家立功创模。工程竣工之日，戴上大红花从驷马桥上走他一遭。”

驷马桥大填方是成渝铁路上最壮观的工程。两公里长的狭窄地段上汇集了数千名劳动大军。当年留在我眼中的驷马桥工地，是这样的一番景象：牛毛细雨中，密密麻麻一群人个个头戴斗笠，身披蓑衣挥锄挖土。斗笠上掉落的水珠淅沥有声，蓑衣上滴下的水珠悄无声息。无论是有声的还是无声的，人们全身上下没有一根纱是干的。可他们不管不顾只是埋头挖山不止。这让我想起了古时候愚公移山的故事，他们是新时代的愚公。这里原先是一片“义冢”，有钱人将这片荒地买下，供没有后人的死者埋葬，成了无人烧钱化纸的荒冢。因之死人骨头往往从乱石泥土中暴露出来，很容易伤人。我反复给民工们讲破伤风的危险。类似那天死人骨头戳伤人的事，决不允许再度发生。

填方工程像蚂蚁搬家一样，一挑挑泥巴从低洼处往高处运。每隔50米就从地面上支起一副跳板。填方节节升高，跳板不断增长。有点像战争年代攻城的云梯。一挑箢篼装满泥巴大约有120斤重。脚下的跳板再陡、再险、再溜、再滑，都要咬紧牙关步步往上攀登。民工们明白眼前这座大填方，就是一挑挑泥巴垒起来的。岂能功亏一篑！

眼下正值梅雨时节，跳板又溜又滑，一不留神从高处摔下来后果不堪设想。然而此时此刻，大家首先想到的不是个人安危，而是绵绵阴雨给施工带来的不利影响，工作效率大打折扣。一挑箢篼装120斤泥巴，费尽九牛二虎力气挑到高处，倾倒出去最多80斤，还有40斤黏附在箢篼上又带了回来。肩上的担子越挑越沉，运走的泥巴却越来越少。民工们个个心急火燎，纷纷献计献策。有人在沾满稀泥的箢篼背后用手掌拍打，有人用刮刀刮下箢篼上的泥巴，还有人把箢篼放在火上去烤。手段不一目的相同，让箢篼轻装上阵。然而这些办法都是治标不治本，收效甚微。总队长为此不但饭量大减，而且还差点染上一个坏毛病。他本来不抽烟，也不太喜欢别人抽烟。可这一阵，他每次上厕所都向抽烟的同志要一支烟，也从不计较烟品的优劣。这天他变本加厉，竟然让警卫员给他去买了烟来，一支接着一支把帐篷里熏得烟雾弥漫。我心里同样着急，却不敢惊动他，更不敢劝阻他。过了好久，突然见他眼睛一亮，把没有抽完的半截纸烟一甩，拍着大腿对我说："糠壳！把糠壳洒在跳板上，洒在篼篼里，奇迹一定会发生。我在家当过农民，老家湖北和四川一样产水稻，都晓得糠壳是个宝，平时用来喂猪。还有人将它存放起来，雨天把它撒在坡路上防滑，不知让好多人避免摔跟斗。假如我们在装土之前，把篼篼里的稀泥巴剔干净再烤干，然后撒上一层糠壳再装泥巴，到了目的地倾倒，保准倒得一干二净。"他说这番话时手舞足蹈，看上去仿佛年轻了十岁。

总队长让后勤处满大街贴告示："收购糠壳。成渝铁路驷马桥大填方工地由于连日阴雨，造成施工困难。急需大量谷糠壳撒在跳板上和挑土的篼篼里，敬请各打米行大力支援。送来的谷糠壳，除按市价收购外，还根据运输距离的远近，另外加付运费。"这里需要说明一下，当时国家没有实行粮食统购统销，都是由私人作坊打米自销。后仓打米前店卖，打一点卖一点。收购告示一贴出，各打米商家激情澎湃，奔走相告，连夜行动。并且异口同声放出话来，人民政府把铁路修到我们家门口，这点糠壳算是一点点心意，谁也不准收钱。这话传到我们耳朵里，都深深为之感动。

这天晚上小雨初霁，总队长心情也由阴转晴。他喊着我说今晚不带警卫员，咱们上街去转转。我们从庆云南街出发，往草市街锣锅巷骡马市方向走，这一带打米行多。夜深人静，打米机的哒哒声从不太严实的门窗里飞出来。总队长听到哪里有打米机的响声，就停下脚步站在门外侧耳静听。每当停留在一家门外，就感动地说，老百姓和我们真是心连心啊！

当时成都的路灯有些昏暗。走到西玉龙街口，突然发现地上亮堂了。抬头一看，月亮从云朵里钻了出来。我站在原地，抬头远望天空的月光，侧耳倾听四周的机器轻唱，不由得想起老杜的诗句：“长安一片月，万户捣衣声。”禁不住心血来潮，朝着月亮大声念道：“蓉城一片月，千户打米声啊！”总队长听了笑着说：“今晚这趟所看所听所想，是一段难得的经历。你把它写出来在咱们报纸上发表。不，送《川西日报》。派通信员去送。”返回的路上总队长还说，只要明天上午不下雨，谷糠就收齐了。要让后勤一定保管好，绝不能淋湿。这都是老百姓的一片心意啊。

第二天果然没下雨。总队长一大早站在驷马桥工地上，迎接送糠壳的浩大队伍。推鸡公车的最多，自行车驮的也不少，郊外的用架架车拉来，最远有来自新都的，说鸡叫头遍就匆匆上路了。队伍排成长龙蔚为壮观，总队长拿着相机咔嚓咔嚓照个不停。他很喜欢照相，可战争年代苦无相机。挺进大别山那年，先锋旅立了大功，邓政委把缴获的相机奖励给他，那时他是先锋旅旅长。总队长的照片第二天刊登在《川西日报》头版上，当天的报纸被抢售一空。

自从把糠壳撒在跳板上，再不担心有人从高处滑倒；自从把糠壳撒在篼篼里，再不怕泥巴赖到不肯走。大填方工程一天一个样。

驷马桥大填方打夯队，是清一色的成都姑娘，由川西民工支队精挑细选特别组建。她们不仅夯打得漂亮，歌也唱得嘹亮。打夯不但是个体力活，还有严格的验收标准。填土 3 寸高夯成 2 寸，填土 5 寸高夯成 3 寸。每打一层夯由施工员用尺子在四个角测量。若不合格必须再夯。我印象中返工重夯的事情从没有发生过。这里附带说一句，有人绘声绘色说成渝路的分层打夯，是某个外国专家提出的，这近乎是无稽之谈。打夯是我国先民早就发明了，四川民间修房造屋修桥补路，历来都用此法，怎么就成了舶来品呢？必须严词予以更正，切不可以讹传讹。

对这群姑娘来说，打夯的活路并不轻松。一般都是两人面对面共抬一只石夯（也有人喊作夯墩）。夯歌则由她们自编自唱，一人领唱众人和。

至今还记得她们爱唱的几则夯歌：

一唱那成渝路，
有话说从头。
四十年来说修路，
没见钢轨没见那火车头。

二唱那成渝路，
人民铁路人民修。
修条铁路通北京，
去到那天安门走一走。

…………

晴天打夯还好，雨天打夯姑娘身上脸上都溅满泥浆。这

“蚂蚁搬家”大填方

让总队长看了十分感动。每当此刻，他总是举着相机在雨中奔跑，拍下一个又一个珍贵画面；每当此刻，姑娘们的劳动热情愈加高涨，打夯歌现编现唱：

总队长呀爱照相，

给我们呀来一张……

总队长省吃俭用，自己掏钱买胶卷，掏钱洗照片，再一张张发到姑娘们手上。他风趣地说：“等到铁路修通了，你们一个个拿着照片去相亲，保准成功。”姑娘们一个个羞红了脸，心里却乐开了花。

苦战 90 天，驷马桥大填方大功告成，大家丢下篼篼，开心地等待着铺轨。总队评选出的先进个人和先进集体的代表，戴着大红花，昂首挺胸从驷马桥上走过。姑娘们唱着打夯歌走在前头，小伙子们跟在后面扭起了秧歌。就在这时，张络耳胡的乐队赶到了。他们特意为《歌唱成渝路》谱了新曲，这让姑娘们激动不已，在驷马桥上现教现唱。姑娘们激昂的歌声响遏行云。

这歌声不知怎么被我们邻居四川广播电台捕捉到了，她们带着录音设备来驷马桥录音。这下可急坏了张络耳胡，他大声吼叫，再练一遍，再练一遍。

《歌唱成渝路》定档四川台黄金时段播放，亲密的邻居提前告诉了我们。总队长拿出自己的收音机，放在坝子中间，音量调到最大。大家从各自的房间里走出来，围成一个厚实的大圈等着收听。

这一夜的庆云南街 92 号，注定是一个不眠之夜。

18. 迎接通车

驷马桥大填方完工那天，总队长高兴得像个孩子，喊我和他一起到上面去走走。他不时还用脚跺跺路基:“好结实，好壮观啊！真像万里长城。这新时代的万里长城啊，是我们用汗水浇筑起来的！”走着走着，总队长忽然停下脚步对我说:“上面已经定了，成渝铁路‘七一’全线通车。今年‘七一’是中国共产党建党31周年，选择这一天举行通车典礼，意义非常重大。这是新中国建设史上辉煌的一页。我们没有喘气的时间，接下来就要打好铺轨这一仗。一切进入倒计时！”

总队长派我去铺轨架桥大队蹲点。前几天，他们已从资阳搬到了简阳。络耳胡电话上炫耀:“如今我们也是鸟枪换炮喽。不但有了卸轨料专用股道，还配备了一台新轨道车，国产的。原先那台老掉牙的轨道车，真让人哭笑不得，上坡还要人跳下来推。如今这台轨道车就是一个流动的家，还能在上面煮饭。轨道车上煮的饭啊特别香，不信你快来尝尝。”

都说老马识途。我胯下这匹资格十足的老马，在淮海战场上冒着枪林弹雨救出好多伤员，立过大功。它不仅识得路，还能识出熟人的声音和气息。这不，走进简阳人烟稠密的地方，它便把脚步放慢，不时竖起耳朵寻找熟悉的声音，掀动鼻翼嗅嗅熟悉的气息。对喽，它似乎已听到或者嗅到了什么，突然就驻足不前。我侧耳一听，院墙内传来吆喝声和钢轨撞击声。它昂头一声长啸，墙里的响声戛然而止。张络耳胡带着一帮人从院子里冲出来和我拥抱，像战场上久别重逢的战友。

院子里为何钢轨铿锵？络耳胡正带领队伍大练兵。一根标准轨长 12.5 米，重 400 公斤。16 个人分两边站立，一边 8 双手跃跃欲试，领头者吼一声幺二三，两排大手像 32 只铁爪子一样，死死抓住钢轨边缘，把它从轨道车上“抓”下来，放在小平车上；又从小平车上“抓”下来，放在路基上。我问“抓”一根需要多少时间？络耳胡拿着跑表兴奋地对我说，纪录不断刷新。先是缩短了 3 秒，现在是缩短了 4 秒。为了迎接通车，我们不是争分而是夺秒。我拍着他的肩膀说：“你依然是淮海战场上那个吹冲锋号的号手。”

我刚把马拴在钢轨边上，络耳胡一声呼哨，院子里的几个小姑娘，慌忙背着装满青草的背篓跑出来。我笑着对络耳胡说：“怪不得这马对你这么有感情，你总是给它吃青草啊。在城里头，它可没有这个福气。”络耳胡说对马好点，还不是让它对你更好点。他朝马友好地打了声招呼，马摆动耳朵作为回答。他把零钱塞到小女孩手上，她们扭过头笑着说，明天还是这时候来。一溜烟就跑了，跑去买油炸粑。

铺轨工地像火焰山。这里是男人的世界，一个个都打着光胴胴，只在腰上拴了根汗帕。身上的汗像水帘洞的水珠不断往下飘洒，滴落在钢轨上“嗤”的一声化成一缕青烟。钢轨上不断嗤嗤作响，青烟彼落此起。尤其是到了下午一两点，钢轨上飘忽一层蓝色烟雾。有人把半截烟头搁在钢轨上，居然就燃了！队员们高唱着“举起铁锤响叮当……我们的脸上发红光，我们的汗珠往下淌……”不断延伸的钢轨和着人们激动的心情，向着成都挺进！

铺轨队员晨披星晚戴月，太阳当空汗珠滚滚，汗珠模糊了双眼，哪顾得上擦，只把脑袋像拨浪鼓样一甩，汗珠就天女散花般落荒而逃。由于他们铆足劲和时间赛跑，创造出了一天铺 5 公里铁路的破天荒纪录。总队特向上级报喜。西南工程委员会传令嘉奖。可惜当时没有创“吉尼斯纪录”一说，若有，络耳胡他们可真要名扬海外喽！

说铺轨必须说枕木。成渝铁路所需枕木 129 万根，其中四分之一是当地百姓捐献的。永川一带山高林密，古树参天，捐献尤为踊跃。我曾在永川太平镇代表首长接受捐献。捐献仪式极具规模，木料上系着红绸，乡村乐队一班人敲锣打鼓吹着唢呐，像送亲一般隆重。所捐木料有楠木、香樟、柏木和青杠。这些木材，有的是老人的寿材，有的是新娘的婚床木料，有的是造屋的大梁。从北方老路支援来的枕木是红松，后一段时期运来的枕木，还经过沥青防腐处理。黑乎乎的，油光发亮，称为“油枕”。本地的枕木没有用沥青煮泡，依然是木材本色，称为“素枕”。

“油枕”和“素枕”泾渭分明。人的皮肤若和“油枕”上沥青一挨，先是冒起果子泡，接着就是皮肤溃烂。铺轨队员们想出一个妙招，用特制的挂钩钩住“油枕”两头，一根木杠穿过挂钩绳索抬着走。络耳胡对捐献的“素枕”深怀敬意，遇见楠木和香樟枕木，立马弯腰鞠躬说感谢支援，坐火车的人会记住你们的恩情！

说来或许有人不信。这些楠木和香樟枕木，比那些在沸腾沥青里蒸煮过的“油枕”生命力还要强得多。若干年后，重庆工务段将健在的楠木和香樟枕木搜集起来，集中铺设在油溪车站。这里是聂荣臻元帅的故乡。

铺轨铺到养马河，传说三国时期蜀军曾在此地养马。这里水草丰茂，马就养得膘肥体壮。张络耳胡牵着我的马去河里打了个滚，说是要沾沾老前辈的灵气。他还神秘地对我说，相传这里有个民谣：“石山对石鼓，金银万万五。谁能识得破，简州买至成都府。”这就是富饶的天府之国啊。如今这里已是铁路制梁场。

离成都越来越近了，铺轨队员们个个晒得像古铜色的雕像。有人笑说，这样晒下去，姑娘们见到我们，恐怕要躲得远远的了。

这里是个忙碌的水陆码头，十里八村的乡亲扶老携幼来看铺轨。张络耳胡连忙在路边多设几个茶水点，用上好的老荫茶招待大家。小孩子好奇地问钢轨可以摸一摸吗？络耳胡笑眯眯回答可以摸，摸了赶紧站远点，免得撞到你。话音刚落，几根撬棍已把钢轨从轨道车上撬落，“哐当”一声响如惊雷，吓得站在山坡上的小孩连忙捂住耳朵。

四川老百姓之所以对成渝铁路有如此深情，和上辈人购买铁路股票大有关系。川渝两地人为了家门口能有条铁路，勒紧裤带从牙缝里省出钱买股票，到头来却是一场空。这天养马河赶场，人多得打堆堆。我在人群里寻找到几位留了胡子的老人，请他们坐在树荫下，用盖碗茶招待。听他们讲述购买股票的种种遭遇。一位老人说他的父亲临终前手里还捏着一张股票声泪俱下留下遗言：我死后等哪天火车真的通了，记到烧钱化纸告诉一声。另一位老人却笑着说他两个儿子都响应号召来修铁路，管吃管住还有零钱拿回家。老人们异口同声说旧社会腐败啊，人民政府真好！正和老人们说得津津有味，络耳胡慌忙火气拨开人群找到我说：“要出事，要出大事！不晓得哪个小孩兴起的头，都趴在钢轨上耳朵贴着轨面，听火车开行中钢轨传导的响声。万一司机发现晚了，来不及刹车要闹出人命的啊！”

幸好络耳胡发现及时，没有造成严重后果。事不宜迟，来不及向总队请示，我就自作主张向成都工程处黄新义书记汇报。不久前请毛处长题写隧道名时见过黄书记，还带去总队长对他的问候。当时黄书记就说成都方面有什么事尽管去找他。铺轨工地电话很快接到黄书记办公室，黄书记听了我的汇报说，前面这一段归简阳，五凤溪归金堂县管，他马上分别找两个县的领导。我守在电话机旁，等待着黄书记的回音。

大约隔了一个小时，黄书记回电话说，沿线乡镇立即组织民兵在铁路沿线放哨巡逻，一公里一个人。制止一切违章行为。包括小孩趴在钢轨上听声音，老人坐在钢轨上抽烟歇脚，铁路沿线放牧，等等。下午太阳当空，我和络耳胡就看见女民兵手持系了红绸子的大刀，威风凛凛在铁路沿线巡逻。两颗悬着的心同时落了地。

从这天起，铺轨每完成一公里，络耳胡就站在公里碑前大吼一声，离成都又近了一公里。铺轨到了五凤溪，总队长来电话通知我回市里开会。我转告络耳胡，只要提前三天铺轨进了成都车站，奖励他一头两百斤的大肥猪，在站台上为他开庆功宴。后勤处已经交了买肥猪的定金。络耳胡笑着说，哪里有到了嘴的肉还能让它跑了的道理。

络耳胡不想我走又留不住。临走时他托我两件事：一是让总队后勤处弄点烧酒，庆功宴上无酒不热闹；二是排演庆功节目就差女声，能不能让原先的打夯队支援几个人。我当面答复他，关于烧酒放一百个心，后勤处长板眼多，说不定早就把酒藏在了他床底下的瓦坛子里。至于唱歌的女声我可以做点小主，她们绝大多数人都转正了，正在集中培训，将来分到列车和车站上工作。你去那里挑个个随你所愿。

回到庆云南街，总队长交给我一张红色请柬："派你一个美差，去皇城坝成都市政府里开会。那里可是个好地方，让你去开开眼界。"有什么好事总队长总要想到我，遇见这样的好领导真是难得的缘分。请柬是成都市人民政府发来的，"请柬"二字烫金印刷显得格外喜庆。请柬的内容是：恭请你单位派一名人员，于 1952 年 6 月 12 日下午 2 时，准时出席市政府召开的成渝铁路通车典礼筹备会第一次会议。会议地点在成都市人民政府大会议室。拿到请柬我欣喜若狂，市政府设在皇城里，平日戒备森严，偶尔路过广场只能远远望上一眼，其实什么也看不见。这回亲身走进去出席会议，就像刘姥姥进了大观园。里面真是雕梁画栋气象万千，目不暇接。筹备会由市长李宗林主持，副市长李劼人作具体部署。

在未进入正题之前，副市长先讲了成都火车站的选址：“国家兴建成渝铁路是四川人民的大喜事，更是成都人民的大喜事。有人建议把火车站修在文殊院的前面，文殊院是名刹要保护好。车站修在寺院的前头，便于市民乘车出入方便。我觉得我们要有远见，要为子孙后代着想，不能让后代埋怨我们目光短浅。所以市政府领导一致赞同现在车站的选址。听说有人埋怨说火车站修在荒坝坝里，还不是好死了拉黄包车的。我要告诉大家的是，我们正在酝酿开一趟通往火车站的公共汽车。”副市长的开场白句句说到了大家心坎上。

接下来副市长布置具体任务。我们单位由罗总队长陪同贺龙司令员剪彩，一位总队领导在通车典礼上讲话，时间为5分钟。除了西南军区首长之外，其他人员讲话一律限定时间并排出顺序。我们的第三项任务是组织1000人（200名军人、800名转正民工）的队伍，站在广场的正中间，接受首长检阅，观看广场节目表演。西南民族学院接受的任务最重，在校的男女学生负责排练各个民族的舞蹈。院领导叫苦说时间太短，副市长笑着说：“你要拿出人家修铁路的精神来排练。你亲自带领学生们去铺轨工地看看，都快铺拢成都站了！很近喽，去看很方便。看了回去再排练就有了动力。”会场发出窃窃笑声，院长脸就红了。筹备会在轻松的笑声中结束。

总队大院里黎明前静悄悄。星星睡眼惺忪，枝头小鸟羞涩地唱起第一段晨曲。有人正打着长鼾，和窗外小鸟相互唱和。总队长床头的电话铃响了，是张络耳胡打来的：“报告首长，今天是1952年6月13日，铺轨大队全体人员向你保证，今天下午铺完505公里成渝铁路的最后一根钢轨，钉上最后一颗道钉。到时请首长务必到现场检阅。”总队长迷糊着问一句，又是一夜没睡吧？络耳胡嘿嘿一笑：“上半夜打了个盹。下半夜凉快，把钢轨、枕木、道钉、鱼尾板和拉杆全都分布到位。”总队长也笑了：“那好！下午站台上给你们开庆功宴。”午后的太阳更加毒辣，总队长率领机关人员到成都车站迎接铺轨。警卫员塞给他一顶草帽，他顺手还给警卫员：“谁都不戴！”

罗总队长来了！朱政委来了！吴主任来了！

当我们站立在成都车站轨道两侧，向着前方引颈而望，钉道人的身影出现了，出现了。而且越来越近！钉道的锤声响了，响了。响声越来越密，音量越来越高。络耳胡目光炯炯手握铁锤冲在最前头，当他走到钢轨尽头时，弓腰高举铁锤斩钉截铁向下一挥，铁锤在阳光中画出一道耀眼的弧线，道钉上顿时爆发出清脆的钢响，如飞鸣之镝。当余音还在半空缭绕，络耳胡已铁锤上肩立正敬礼：“报告首长，成渝铁路全线铺轨完毕！”

总队长大声宣布：“现在的时间是，1952年6月13日15时21分8秒！”

霎时间欢声雷动鞭炮齐鸣。三位首长和机关人员纷纷打开汽水瓶，递到铺轨队员们手上。朱政委说借花献佛，汽水是成都市政府送来的慰问品。络耳胡笑着说今天开了洋荤，长这么大从没有喝过汽水。

庆功宴摆在新修的站台上，络耳胡用手摸了摸地面，很光生很干净，兴奋地说今晚就睡在这上面。开宴之前，络耳胡指挥他的军乐队表演节目。第一个节目是军号吹奏《咱们工人有力量》。第二个节目是《四唱成渝路》，这歌是他亲自谱的曲，伴奏起来非常自豪。今天表演的是最后两节，我们的好邻居四川广播电台早早就带着设备来录音：

三唱那成渝路，
逢山开路遇水架桥梁。
如今蜀道不再难呀，
李白笑着那个改诗篇。

四唱那成渝路，
火车头轰隆隆冒着烟。
带着幸福奔向前，
人民的日子更比蜜甜。

庆功宴上，后勤处长得意地说：“今晚大家喝的是文君酒。这文君酒很有来头，酒厂远在邛崃，厂里听说我们完成了驷马桥大填方，他们深为敬佩，特地送来文君酒。这一来，美好的历史故事又有了新篇。大家敞开喝！”络耳胡酒量不行，三杯才下肚腿一软就倒到地下去了。可他还不忘挥手指挥乐队，嘴里含含糊糊哼着“火车头冒着烟……”后勤处长心疼地说：“是我的文君酒让他酩酊大醉。我害了他，由我背他回去。”

离“七一”全线通车的时间越来越近了。朱政委喊我去他那里，低声对我说：“那天你从市政府领回来的任务已经落实。总队长陪同贺龙司令员剪彩，由我上台讲话。可我接到赴朝鲜前线的命令，临时做了调整，由吴主任讲话。回想起前年冬天部队归建，你来这里报到，我们才得相识。现在我要走了有些舍不得，没有什么送给你。你是文化人，给你一个精装日记本，留作纪念。”我打开日记本一看，扉页面写着：孙贻荪战友留念，朱耀洲。这份礼物，见证了我们艰苦的筑路生涯，更留下了上下级之间的深情厚谊。

为了迎接全线通车，总队长带着我四处奔走。他一边走一边说：“再想想，再想想，还有没有什么疏漏的地方。”直到6月30日下午，他认为一切皆已办理妥当，才轻声说道：“该歇口气了。理个发刮个脸，要不邓政委见了我胡子拉碴，还不狠狠刮我一顿胡子。”转过身来他有些神秘地笑着对我说：“给你个奖励，它是拿钱都买不到的好东西——摄影记者证。有了它，你明天才有资格上主席台，才能见到军区首长。”我惊诧地哦了一声，忙问总队长从哪里弄来的。总队长笑着说：“我是大会筹备委员会委员呀。委员开会，我向筹委会领导说明你的情况，争取到的。来，给你相机。胶卷都装好了的，就一个哈，省着点用。”

1952年7月1日上午，我换了一身新军服，佩戴上“二野军大毕业纪念章”、“军工修筑成渝铁路纪念章”和大会摄影记者证，庄严登上成渝铁路建成通车庆祝大会主席台。我

成都市民欢庆成渝铁路通车

发现邓小平政委和贺龙司令员都穿上了新军服，邓政委军服的颜色浅些，贺司令员军服的颜色深些。

广场上 30 万军民一片欢呼，西南民族学院的男女生载歌载舞，汇成欢乐的海洋。副市长说，在成都，这样的热闹场面是史无前例的。

随着贺龙司令员剪断彩绸，披红挂彩的火车一声长啸，驶出成都火车站，奔驰在蓝天白云之下，奔驰在万众欢呼声之中……

附录

历史的回声

——我和电视剧《一路向前》

我寓居成都东隅有些年头了。原先成都人称这里为东郊，伴随着城市的扩展，如今郊外景象已荡然无存。幸好与我住宅一墙之隔有个小公园，那里林木繁茂人迹稀少。

2021 年柑橘花盛开，香气沁人心脾的季节，我带上一本《流沙河讲诗经》到树下静读，这是作者送给我的最后一本书。随手翻到《邶风·静女》一篇，讲的是一个爱情故事。正在为他的风趣语言捧腹而笑，忽见老伴领了几个面生之人缓缓走来。

陪同他们一行的成都局宣传部文化科科长，向我一一作了介绍。第一位是从北京来的习辛导演，他体格魁梧，浑身洋溢着军人气质。第二位女士文静儒雅，是成都燕之影文化公司总经理、出品人谭燕。第三位是张健雄导演，还有两位分别是编剧刘小伟和胡守文。习辛导演是经受过枪林弹雨洗礼的文艺兵。此刻，我们两位从不同战场归来的老兵，在这里不期而遇，怎能不激动万分？性格豪爽的习导张开双臂紧紧和我拥抱，恰如久别重逢的战友。他感慨地说：“老兵找老兵，找得很费心。从重庆一路找来，内江民工纪念堂稍作停留，翻遍有关历史资料，一直找到成都才把你老找到。真是缘分啊！”此后，只要与习辛导演见面，他和我总是先来个热烈拥抱。这，成了我们见面最隆重的礼仪。

招呼贵客们坐下来，我连忙请茶铺老板奉出上等好茶。谭总笑着说，本想找个清静的茶楼，看来这里比茶楼还清静。我说是呀，顺手往绿荫深处一指，你们听。他们侧耳一听，枝头传来鸟语啁啾。编剧刘小伟先生羡慕地说：“结庐人境外，更无车马喧，此地真乃江湖之远啊。”谭总问我最近在写什么？我轻声回答，在写《乡愁是一粒尘埃》。回望故乡的人和事，刚刚开了一个头。她有些不好意思地说：“看来要请你把它先搁下，我们有要事请你帮忙。”我正感到有些好奇，习导加上一句，说肯定是我感兴趣的事。看我着急，谭总连忙接过了话头：“李金亮是原成都市委宣传部文艺处处长、现任成都市电台副台长，不久前找到我说，‘你是电视事业的热心人，近年来成绩斐然。给你提供个有价值的题材——成渝铁路！它是新中国修建的第一路！其历史意义和现实意义都不可估量。令人遗憾的是，至今没有人拍摄电视剧和电影，它是藏在我们身边的富矿啊！何不捷足先登。’李台一语道破，让我如梦初醒。我马上给习导打电话，习导听了激动不已，夜不成寐，他的创作团队素有‘铁军’之称，连夜召回他的人马。今天来了其中几员大将。我在网上查到了您的信息，从头至尾参加成渝铁路建设的只有您还健在，而且是从事管理工作的。我们要请您给我们讲成渝铁路的故事，请您担任电视剧顾问。”

谭总一席话，勾起我心中尘封的往事。1951 年，有一位北京的导演来成渝铁路工地体验生活，领导上让我陪同。我陪他采访了许多人，写出的剧本名字就叫《成渝铁路》，刊登在《电影文学》期刊上。他还给我寄来一本样刊，可后来竟没有了下文。现在习导、谭总盛情相邀，从某种意义上说也算圆了一个美好的梦。我也要像当年那样，尽一己绵薄之力，让那段历史在荧屏上闪闪发光，传之后世。

我们围坐在一起，喝着盖碗茶。为了不再打扰我们，小鸟知趣地飞走了。这一刻，往事如涓涓细流，从心中缓缓流出。习导、张导用心听，两位编剧用心记笔记。讲者和听者都忘记了时间。心细的谭总轻轻敲了下茶几:“吃饭时间过了。附近只有一家宏兔饭店，走几步就到。我们去吃了回来接着再讲。”

看我们有些来头，饭店老板特地把我们安排在三楼棋牌室。这里只有我们一桌食客，可不知怎么走漏了风声，听说我们是拍电视剧的，楼下正在吃饭的小朋友们蹦蹦跳跳跑上来想看“大明星”。谭总连忙给小朋友们解释，说我们只是电视剧组的工作人员，今天没有来漂亮的演员。她手脚麻利，把准备下午吃的水果分给了小朋友们。饭间，习导说到了谭总一件事。古话说得好，兵马未动、粮草先行。我们现在是剧组先行了，却还没有粮草。谭总和她母亲商量，把她的养老钱借出来作为剧组开办费。全桌人听了无不为之感动，我当即表示全力投入，不当挂名顾问。

几天后便收到了谭总发来的顾问邀请函。

在我心目中，顾问是一份责任、一份义务，也是一份荣誉。既要对历史负责，更要对观众负责，绝不可以讹传讹。如分层填土打夯本是来自民间，四川百姓修房造屋修桥补路皆要打夯。20 世纪 50 年代，木杵是夯的最初形状，四人抬的石头夯墩已臻完善，成渝铁路路基采用分层打夯的技术已日趋成熟。不知谁从故纸堆中找出依据，说分层打夯来自西伯利亚专家。电视剧里要有所反映，为“一边倒”找依据。我向习辛导演说明缘由，他采纳了我的建议，把分层打夯改为罗向前的发明，并把场面导演得热热闹闹。这个还原本来面目的改动，也算尽了我的顾问之职。当年的铁路路徽、老铁路制服，如今无从找到，也就无法仿制，张导为此心急如焚找到我。我把铁道部统一制作的背面有编号的路徽和铜扣借给剧组。张导说大檐帽、路徽、制服款式基本还原了历史，只是藏蓝色布料现在没有了，当年是专供铁路服装厂的。我觉得能够做到这样已经很完美了！连忙夸奖了张导几句。

习导像一位指挥若定的将军，各个方面快速齐头推进。年前谭总来电话说，电视剧《一路向前》定于 12 月 22 日在内江大千广场隆重举行开机仪式。出席开机仪式的还有来自北京、重庆、成都、内江、绵阳等地的嘉宾。作为成渝铁路

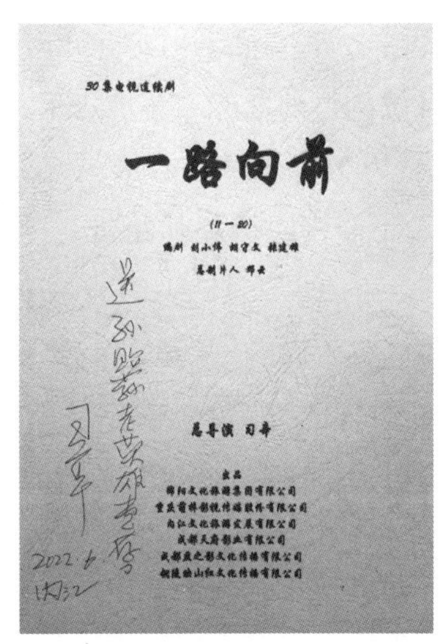

电视剧《一路向前》纪念卡

建设的见证者，我应邀出席开机仪式。习导从北京来电话特别提醒，要我穿上迷彩服佩上纪念章。

心细的谭总特意告诉我：“开机仪式要上《新闻联播》。你要从广场走到主席台上接受采访。由我的朋友薛春一路陪同，搀扶你走上主席台。”我说虽年届九秩尚能独立行走。她说这是习导的嘱托，必须照办。话已说到这个份上，我当领下这份情。

开机那天，内江阳光普照碧空无云，大千广场彩旗招展。我有幸和副省长并坐前排。他问我当年修建成渝铁路先担负的哪一段，我回答是从菜园坝到江津德感坝。副省长接过话头：“我是重庆人，你们当年一边打土匪一边修铁路的事情听父辈讲过。我是成渝铁路的直接受益者，当年家居重庆在成都上大学，寒暑假享受学生票待遇回家和返校。坐在车上，我才真正体会到这条成渝铁路给老百姓带来了多大的好处。你们这一代人功不可没啊！”

那天的开机仪式，出现了一个有趣的小插曲。会场外来了不少内江的铁路职工，都想进场观看开机仪式，门口执勤的保安却不让进。就在这时，内江机务段有位铁道兵转业的老战友远远地看见了我，指着我的背影对保安说他们认得我，我和他们一样是铁路上的人。保安拿不准就进来请示，正好遇见习导。习导大手一挥说，凡是说认得孙老的一律请进来。内江工务段一位老领导进来了欣喜万分，想和我合影留念，手拿相机茫然四顾，想找人帮忙。正好剧组摄影师路过，遂停下脚步为我们悉心拍照。

开机仪式开始了，我随副省长同登主席台。“女儿”薛春在一旁静候这一时刻的到来。她低声告诉我，她搀扶我走在领导后面，送到台口后我就自己走上去。这是个两全其美的主意，她既完成了习导和谭总的托付，又给我留足了廉颇不老的面子。当摄影机对着我时，我一人挺身昂然行走。

主持人举着话筒现场采访，请我说说此时此刻心中的感想。我灵机一动，即兴赋诗一首：

在开路先锋的旗帜下，
我们风雨兼程。
枪在肩，子弹上膛；
锤在握，闪闪发光。
我们逢山开路，
遇水架桥梁。
我们用滚烫的汗水，
洗去历史的屈辱。
我们用嘹亮的歌声
迎接笛声的高唱。
开路先锋是永远不落的旗帜，
在心灵的高地迎风飘扬。

开机仪式的高潮是副省长和我，联手揭去摄像机身上的红盖头，同时高声宣布："电视剧《一路向前》开机！"当习导快步上台，接过《一路向前》旗帜，站在主席台中央尽情挥舞时，全场掌声雷动鼓乐齐鸣。聚集台上的演职人员齐声高喊："《一路向前》开机！"欢声笑语响彻云霄。

开机仪式后，习导在百忙中抽身，陪我参观内江民工纪念堂。它是全国唯一的一座民工筑路纪念堂。参观中，我向习导介绍了内江民工萧光瀚发明"单人冲炮眼法"的先进事迹，还告诉他萧光瀚送的结婚纪念照片，我将捐赠给纪念堂。另外，要把由我作词、铺轨大队长张济舟谱曲的《四唱成渝路》的词曲捐赠给这里。

习导率领的团队被誉为"铁军"，当之无愧名不虚传。为了再现当年的艰苦卓绝环境，演员们在冰冷的沱江水里浸泡了一天，令我非常感动。习导匠心独运，在电视剧最后一集，突破电视剧大结局的传统模式，特别为我设计了一场戏，让我和主角罗向前乘坐高铁在内江相逢。有评论家誉此乃神来之笔。它赋予了剧情不容置疑的真实性，把作品的说服力提升到了一个新的高度，使其具有了感人肺腑的震撼力，传递了正能量。习导通知我将去内江拍一天戏，近期最好不要远走。此行，仍然由"女儿"薛春一路陪同。

2022 年 5 月 22 日，张导一大早从内江赶来成都接我们。成都站和成渝铁路同龄，听说我们是拍成渝铁路的电视剧，车站选了些退休的客运人员来和我们见面。她们问我最初的候车室是什么样，我告诉她们，当时的服务员手里拿着铁皮喇叭筒给旅客唱歌，有专门的母子候车室，还要帮助旅客妈妈烫奶瓶。她们听了都非常感动，说打心眼里敬佩她们的前辈，时时处处都把旅客当亲人。

车到内江。习导率领当地的群众演员，到站台上迎接我和罗向前，向我们献花。习导高声说：“欢迎你们回到内江，欢迎你们回来看看七十年后的内江！”话音未落，往事涌上心头，我的眼眶湿润了。最后一场戏是在梅家山烈士纪念碑下拍摄。刚才下车时，习导忙于在站台上指挥拍摄，顾不上和我拥抱，来到梅家山后赶紧补上。他紧紧和我拥抱之后，将剧组的胸牌挂在我的胸前，那一瞬颇具仪式感。习导接着告诉我：“剧终后的字幕上，要介绍修建成渝铁路的有关人物，如西南工程局赵健民局长等。其中有段文字介绍你，你是中国人民解放军二野军大出身，在成渝铁路军工第一总队任参谋。部队归建你留下来继续修路。这段文字的目的就是告诉观众、告诉后代，《一路向前》剧中情节皆有据可依。”这回轮到我主动拥抱习导喽，我要代表观众、代表后代人谢谢他！

最后一场戏，我和罗向前在内江人民群众簇拥下，手捧鲜花，向成渝铁路民工烈士纪念碑肃穆走去。当躬身将鲜花放在纪念碑基座上时，眼里突然就看见在沱江桥头牺牲的战友柴九斤，给我递来一壶凉开水；看见处理哑炮时为保护他人生命而献身的年轻川剧演员，在工地上倾情演唱……止不住热泪夺眶而出。这时，一群少先队员们放飞和平鸽，一阵欢乐的童声，把我从遥远的思念中唤醒。我赶紧转过身来，面对群众和剧组人员深深鞠躬，大声说感谢剧组，感谢内江人民！

张导一声令下，剧组全体人员列队纪念碑下，刁导、我、罗向前和张导四人站在正中。只听刁导带头高喊：“向孙老学习！向孙老致敬！”我顿时受宠若惊。急忙高声回礼：“谢谢刁导！谢谢剧组！向剧组致敬！”

古代人制作竹简，先用火烤掉竹中水分刮去青皮，以防虫蛀。称之为杀青，极为生动形象。后来文人将它演绎为一部著作完稿称为杀青，如今电视剧拍完最后一个镜头，也称为杀青。杀青，对一部电视剧来说犹如生日。刁导说今天的杀青仪式特别隆重，完全超过了他的预料。

接下来，就是等待央视安排播放时间。谭总来电：“《一路向前》的官宣片头出来了，这是个好信号，播出时间大概快了，大家猜可能就在春节期间。”随后刁导传来确切好消息：“《一路向前》两会期间播放！人大代表们要看。这个信息，太鼓舞人心喽！”刁导让我在朋友圈里转发。仅仅隔了一天刁导又来电话：“央视 8 套有个《剧说很好看》栏目，宣传介绍新上映的电视剧。《剧说很好看》栏目的记者想亲自去成都采访你，可时间已经不允许，他让我想办法。那就明天上午，委托成都邢元龙老师去你家拍摄。请你穿迷彩服冬装，佩戴上纪念章即兴接受采访，讲你和成渝铁路。”第二天，邢元龙老师如约而至。他是从事艺术工作的，讲究色彩丰富，特意在我面前摆了盆盛开的蟹爪兰，给采访过程和播出画面都带来了春意盎然。

那天我有些激动，遥向远方的新老朋友问好，一口气讲了 5 分钟。《剧说很好看》栏目组夸我是《一路向前》的宣传大使。我为此深感荣幸。

自从《一路向前》开始播出，各种媒体的登门采访就络绎不绝。内江媒体捷足先登，还把我在内江拍摄的花絮穿插其中。《成都日报》《红星新闻》《成都经济报》几乎用一整版讲述我和《一路向前》的种种趣事。同一时间，北京各大纸媒纷纷刊登文章，推荐这部正在热播的电视剧。《解放军报》以较长文字，说我是主人公罗向前的原型，讲得条理清晰。“三八妇女节”这天，《剧说很好看》编辑，把我和罗向前向烈士献花的画面截图，配以文字说明：罗向前身旁的这位老人就是他的原型。

电视剧刚一播完，习导和谭总匆匆赶到成都，在一处环境幽雅的庭院，接受媒体采访。我有幸受邀。习导和我见面的热烈拥抱，被媒体快手抓拍。习导回顾了两年前，他和我在香木林公园的倾心交谈。说如果没有那次的交谈，就没有后来的《一路向前》。

面对媒体朋友，我吐出肺腑之言：“我往昔的 92 年光阴，平淡如水，水波不兴。但有两件事引以为豪，一是参加了新中国成立之初的成渝铁路修建；二是参加了抗美援朝战争。平心而论，这两件事都值得大书特书。后者因是历史的热点，近年来接受多家媒体采访，从上甘岭坑道说到清川江大桥。而成渝铁路则无人问津，心中不免叹息。就在这时，幸遇习导登门造访一见如故。习导拍摄《一路向前》，我当尽绵薄之力。我在这里大声说一句——这部电视剧里附着我的生命，附着我的灵魂！”

后记

好风凭借力　送我上青云

夜已深，为《回望“第一路”》画上最后一个句号时，心情激动不已，仿佛当年战场上占领新的高地一样。此刻，“好风凭借力，送我上青云”的诗句，如奇妙的天籁，从云端飞来吻我心灵。

沉思良久，如梦初醒。我不正像那池边柳絮，凭借着朋友们一茬又一茬的接力，助我一阵又一阵的好风，才终于飞上了这飘着白云的蔚蓝色天空。

我的一生平淡如水，水波不兴。但有两段人生经历足以自豪：一是参加了“新中国第一路”成渝铁路的全程修建，两年风雨兼程，未敢一日稍懈；二是作为铁道兵战地记者奔赴抗美援朝战场，嚼了两年的“一把炒面一捧雪”

活着归来。这两段经历都深深嵌入了生命的年轮。在成渝铁路通车 70 周年之际，有文友曾鼓励我把这段筑路经历写出来，甚至连题目都替我想好了——“心中的那条路”。为此，我也曾激动过，有了动笔的冲动，甚至连如何开头都打好了腹稿。但转念一想，写出来也不是什么时尚的畅销书，有可能就是一朵明日黄花。只好一阵唏嘘，把它咽回了肚子里。

“山重水复疑无路，柳暗花明又一村。”这件事的转机颇有戏剧性。2022 年 4 月中旬，四川省作家协会举办的第一期“作家回家”活动，是一次别开生面的盛会。《星星》诗刊副主编童剑对我说，我年纪大了，住宾馆不如家里清静和方便。他约几个朋友打连手，轮流开车接我送我。这一倡议得到几位文友的热烈响应。那天轮到蒋蓝接我，车上他说第二天下午的“作家回家”活动议程，是作协领导和作家面对面交流创作，为会员释疑解惑。他又说活动是随机定人，不知能不能和我会上相遇。听他这一说，我心中一阵祈祷，期望好梦成真。

我相信心诚则灵。活动的帷幕拉开了，果然是作协副主席蒋蓝和我面对面。他和我关于文学创作的一场对话，便在坦诚而率真的气氛中展开。他推心置腹说道：20 世纪 80 代年初，我是自贡作家中最早一个出散文集的。散文创作是我的优势，而修筑成渝铁路是我生活的富矿，是别人所没有的。所以，我应当发挥散文写作的长处，写好成渝铁路这本书。他还语重心长地说："您90岁的人了，你不写，之后就再没有人能写。你不写，这段珍贵的史料就会从此湮没，岂不可惜。我建议你抓紧写，抓紧写！写出来了，就是你留给后人的一笔精神财富。"

我和蒋蓝的忘年之交，如同他家门前的釜溪河水川流不息，整整40年从未断流更未枯竭，成了一段美谈。蒋蓝那天的一席话，犹如早春的惊雷，唤醒了我心中沉睡的往事。几十年前波澜壮阔的筑路场面，又一幕幕浮现于眼前；几十年前朝夕相处的亲密战友，又一个个鲜活在心头。不把这些往事和故人写出来，愧对那段历史，愧对战友在天之灵。

决心倒是下了，心中仍不免有些顾虑。图书市场的现状不得不让人犹豫。正在进退维谷之际，挚友廖坚约我去迎宾大道茶楼喝茶，文友寇利红开车陪同。在茶香四溢的幽雅环境中，文友久别相逢，温馨的话题自然落脚于写作。廖坚问我最近有何新作，我如实告诉他，在最近省作协举办的"作家回家"活动中，蒋蓝交给了我撰写成渝铁路的任务。末了，我低声说此事恐怕难以完成。他问难在何处，我回答难在发行。他接过话茬，恳切地说愿为发行之事尽绵薄之力。他重复了蒋蓝的话："90岁高龄的人了，不抓紧写说不定就会成为遗憾。你不写将来就再没人能写了！"

为了鼓励我及早动笔，廖坚和小寇各送我一饼好茶。临别时我对廖坚说古人读书，有人夜里做好事为灯添油。年深日久，由添油演绎为“加油”的口号鼓舞人心。今天他的一席话，正是为我加了油。我说廉颇虽老尚能饭，尚能写！回去马上动笔开干，绝不辜负朋友们的热切期望。

这回终于下定了决心，“不破楼兰终不还！”一定要一气呵成，绝不能半途而废。但是心中还有道坎不好迈。我生于20世纪30年代，那时人们尚不知拼音为何物。从远古流传到我们这一代，读书都是老师一字一字教，学生一字一字学。当科技进步到了电脑时代，身边的蒋蓝成为第一个“吃螃蟹”的人，最先使用电脑写作和编书。当时电脑紧俏且价格昂贵，他曾有意在成都买台二手电脑助我写作，可谓用心良苦。只是因我不会各种输入法只好婉言相谢，不得不自嘲成了时代的落伍者。

使用电脑写作，是2004年从自贡移居成都之后的事。这时已有写字板问世，我就去电脑城买了最前沿的写字板。写字板犹如一盏夜行的油纸灯，我借着它的光摸索着缓缓前行。但是，写字板对我写的字辨识率不能达到百分之百，譬如“比”和“此”之类就难以分辨，稍不留神便要出错。如今用手写板写书，倘若差错太多，是对编辑的不尊；倘若讹错不改，是对读者的失敬。怎么去解决好这个问题，心中犹如压了一块石头。

天无绝人之路。重庆文友陈光耀从重庆来成都。按以往惯例他约我、刘建镍和曾从技三个文友去茶楼喝茶聊文学。平素言语不多的从技首先对我说，他虽也退休多年但毕竟还算年轻，有精力和时间帮我校看初稿。这句话无疑是雪中送炭，顿时令我周身一热。分量再重的感激之辞也不足表达我的心意，于是什么也没说。此处无声胜有声。

从 2023 年 9 月 16 日将第一篇《操场早点兵》发他，我和从技的合作就正式开始。我们的操作方法或许有些原始，我将写好的初稿发他，他收到后连同标点符号逐字逐句推敲处理，一般在第二天就能将校勘稿返还给我，最迟也没超过 4 天。由此可见从技为这本书付出的心血。

更强有力的鼓励来自组织的关怀。退休以后，我在坚持写作的同时，还应一些单位的邀请，到站段和高铁工地给青工们宣讲修建成渝铁路的红色故事。央视的《新闻联播》作过相关报道，我因此荣获中宣部“基层理论宣讲先进个人”称号。后来，我又按照集团公司关工委的安排，参与内江“成渝铁路展览馆”的建设，在提供第一手资料的同时，还向展览馆捐献了修筑成渝铁路时用过的军用水壶、挎包、笔记本和“计算尺”等老物件（笔记本正在申请“共和国印记见证物”），并参加展览馆揭牌仪式。作为集团公司“五老”一员，宣传成渝铁路，传承成渝铁路文化，本是我的义务和责任，更是我一生难以割舍的成渝情怀，但组织上却给了我莫大的荣誉。2023年12月1日，成都局集团公司关工委常务副主任王荣华、副主任吴家梁一行来到我家，为我颁发国铁集团授予的“关心下一代先进工作者”证书和奖章。退休31年后，竟然获得如此崇高的荣誉，令我万分感动。我向关工委领导表达了感激之情，并汇报了正在写作修建成渝铁路往事的情况。关工委领导听后当即表示，这是一件好事，写出来就是一本好书。修建“新中国第一路”的艰苦奋斗精神，对于今天的铁路青工具有积极的教育和引导作用。期望早日成书早日出版，以利组织集团公司的青工阅读和座谈，从中汲取不改初心和踔厉前行的正能量。领导的充分肯定和热情鼓励，让我增添了信心，给我注入了力量。我更加踏实地静坐下来，加快了写作进度。

助我的好风从未停歇。书稿完成后，文友廖坚和李昌伦又从头到尾通读了一遍，他们拿着显微镜，从细微之处挑毛病。廖坚发现写隆昌水田里修股道，只写了回填石块打夯，没有写回填煤渣。一物降一物，煤渣是滤水的宝物，不可或缺。言之有理，我立马添上。他还发现我写大雪纷飞的夜晚屋檐结冰，纠正说屋檐结冰至少要等到第二天。我也马上修改。李昌伦发现我文中提到的一首歌，时间不吻合。我也立即改正。

2024年7月20日，《回望“第一路”》终于完稿。整个写作历时10个月零4天。本来完稿时间能够再提前一些。只因为写作期间，正好赶上电视剧《一路向前》热播。作为该剧的顾问，我参加了电视剧的首发仪式，接受了从中央到地方，从纸媒到网媒的持续采访，并与采访者一起重走了三次成渝铁路。这些活动虽然耽误了一些写作时间，延缓了写作进度，但它们不但很有意义，而且还帮助我回忆起了一些尘封的往事。客观而言，对提高书稿的质量有所帮助。

众人拾柴火焰高。在《回望“第一路”》的创作过程中，还有诸多文友不遗余力热情相助，令我非常感动，没齿难忘。他们是邓从亿、曾健康、付世坤、吴雪峰、西雅。老朋友书法家王德育老师亲笔题写书名，为拙作增色。吴宇、查忠明等提供了珍贵图片。《回望“第一路”》的出版，更离不开中国铁道出版社有限公司领导和编辑老师付出的辛勤劳动。在此谨临风一拜，再次吟诵“好风凭借力，送我上青云”，借花献佛，作为答谢。

于成都香木林路望园居

2024年7月20日